투계

Pelea de gallos

by María Fernanda Ampuero

Pelea de gallos

마리아 페르난다 암푸에로 소설집
임도울 옮김

문학과지성사

투계

제1판 제1쇄 2024년 8월 9일

지은이	마리아 페르난다 암푸에로
옮긴이	임도울
펴낸이	이광호
주간	이근혜
편집	김은주 김인숙
디자인	조슬기
마케팅	이가은 최지애 허황 남미리 맹정현
제작	강병석
펴낸곳	㈜문학과지성사
등록번호	제1993-000098호
주소	04034 서울 마포구 잔다리로7길 18 (서교동 377-20)
전화	02) 338-7224
팩스	02) 323-4180(편집) 02) 338-7221(영업)
대표메일	moonji@moonji.com
저작권 문의	copyright@moonji.com
홈페이지	www.moonji.com

ISBN 978-89-320-4307-4 03870

모든 썩어가는 것들이 가족을 만든다.
—파비안 카사스

내가 괴물일까, 아니면 이런 게 사람이라는 건가?
—클라리시 리스펙토르

차례

일러두기

1. 이 책은 María Fernanda Ampuero의 *Pelea de gallos*(Madrid: Editorial Páginas de Espuma, 2018)를 우리말로 옮긴 것이다.
2. 본문의 주는 모두 옮긴이의 것이다.

경매

어딘가에 닭이 있다.

여기, 무릎을 꿇고, 더러운 천을 뒤집어쓴 채 머리를 수그리고, 나는 닭들이 내는 소리를 듣는 데 집중한다, 몇 마리인가, 닭장 속에 있나 우리에 있나. 아빠는 투계꾼이었고, 나를 맡길 사람이 없어서 그냥 투계장에 데리고 다녔다. 모래판 위에 곤죽이 되어 쓰러져 있는 어린 수탉을 보고 처음 몇 번은 울었다. 아빠는 비웃으며 내게 말했다. **계집애.**

밤이 되면 거대한 수탉들이 뱀파이어가 되어 나의 내장을 게걸스레 먹어치우곤 했고, 내가 비명을 지르면 아빠는 내 침대로 와서 다시 그 말을 했다. **계집애.**

"그만 좀 해, 계집애처럼 굴지 말라고. 그냥 닭이잖아, 씨발."

그 뒤로 나는 더 이상 울지 않았다. 싸움에 진 수탉의 뜨거운 내장이 흙먼지와 함께 뒤섞이는 것을 보고도. 그 창자와 깃털 뭉치를 주워 모아 쓰레기 수거함으로 가져가는 사람이 바로 나였다. 그럴 때마다 나는 말하곤 했다. 안녕 닭들아, 하늘나라에선 행복하렴, 거기엔 벌레들이 넘쳐나고 들판엔 옥수수가 가득하며 닭들을 사랑하는 가족들이 있단다. 쓰레기 수거함에서 돌아오는 길에는, 항상 투계꾼 아저씨가 나를 만지거나 키스하거나 혹은 만지게 하거나 키스하게 하거나 하고는 캐러멜이나 동전을 주곤 했다. 나는 두려웠다. 내가 그 얘기를 아빠한테 하면 아빠가 다시 나를 **계집애**라고 부를까 봐.

"그만 좀 해, 계집애처럼 굴지 말라고. 그냥 투계꾼이잖아, 씨발."

어느 날 밤, 내가 수탉 한 마리를 인형처럼 두 팔로 안고 가던 중 닭의 배가 터져버렸는데, 그때 나는 그 아저씨들, 어찌나 마초인지 닭에게 상대 닭을 반으로 쪼개버리라고 소리 지르고 부추기던 그 아저씨들이, 죽은 닭의 창자와 피와 닭똥을 보고는 구역질을 한다는 것을 알게 되었다. 그래서 나는 내 두 손과 무릎과 얼굴을 그 창자와 피와 똥으로 범벅이 되게 했고, 그랬더니 더 이상 키스나 멍청한 짓거리로 나를 엿 먹이지 않았다.

그들은 아빠에게 이렇게 말하곤 했다.

"네 딸은 괴물이야."

그러면 아빠는 그들이 더 괴물이라고 대답하고서 술잔을 부딪치곤 했다.

"자네가 더 괴물 같구먼. 건배!"

투계장 안에서 나는 냄새는 역겹다. 가끔 나는 한쪽 구석, 관람석 아래에서 잠이 들곤 했는데, 눈을 뜨면 투계꾼 아저씨들 중 누군가가 내 교복 치마 속 속옷을 들여다보고 있었다. 그래서 나는 잠이 들기 전에 닭 대가리를 가랑이 사이에 넣어놓곤 했다. 대가리 하나 혹은 여러 개. 줄줄이 엮은 닭 대가리들. 치마를 들췄다가 뽑힌 닭 대가리들을 보게 되는 것 역시 마초들이 싫어하는 일이었다.

가끔 아빠는 또다시 배가 찢긴 닭을 쓰레기통에 갖다 버리라며 나를 깨우곤 했다. 때로는 아빠가 직접 가기도 했는데, 그럴 때면 친구들은 그에게 빌어먹을, 뭐 하러 여자애를 데리고 있는 거냐고, 너 게이냐고 말하

곤 했다. 그럴 때면 아빠는 피를 흘리며 축 늘어진 수
탉을 들고 가다, 문 앞에 서서 그들에게 키스를 날리곤
했다. 그러면 친구들은 마구 웃었다.

나는 여기, 어딘가에, 닭이 있다는 걸 안다, 왜냐하
면 나는 그 냄새를 수천 킬로미터 밖에서도 맡을 수 있
을 테니까. 내 인생의 냄새, 내 아버지의 냄새. 피, 남
자, 똥, 싸구려 술, 시큼한 땀, 공업용 기름 냄새가 난
다. 엄청나게 똑똑한 사람이 아니더라도 이곳이 비밀
장소라는 것, 아무도 모르는 곳에 있는 감옥 같은 곳이
라는 것은 알 수 있다. 그리고 내가 지금 완전히, 아주
완전히 좆됐다는 것도.

한 남자가 말하고 있다. 마흔쯤 먹은 것 같다. 나는
그가 뚱뚱하고 대머리이며 더러운 남자라고, 흰색 민
소매 티셔츠와 반바지 차림에 플라스틱 샌들을 신고
있을 거라고 상상한다. 긴 엄지손가락과 새끼손가락
의 손톱까지 상상한다. 그는 복수형으로 말한다. 여기
나 말고 누군가가 더 있는 것이다. 여기 사람들이 더
있다, 무릎을 꿇고, 이 칙칙하고 역겨운 천을 뒤집어쓴
채, 머리를 수그리고 있는 사람들이.

"자, 우리 이제 조용히 하는 겁니다, 찍소리 냈다가

는 그 **개새끼**, 내가 머리에 총구멍을 내줄 테니까. 모두들 잘만 협조하면, 오늘 밤은 무사히 넘길 수 있을 겁니다."

내 머리에 그의 배가 느껴지더니 그다음엔 총구가 느껴진다. 아니야, 그는 농담하고 있는 게 아니야.

한 여자가 내 오른쪽 몇 미터 떨어진 곳에서 운다. 관자놀이에 닿은 권총의 촉감을 견디지 못했을 거라고 나는 생각한다. 따귀 때리는 소리가 들린다.

"이것 봐, 여왕님. 여기선 아무도 울지 않습니다. 들었습니까? 아니면 어서 빨리 이 세상과 빠이빠이 하고 싶은 겁니까?"

곧이어 권총을 든 뚱뚱한 남자는 조금 멀어진다. 전화 통화를 하려고 간 것이다. 그는 숫자를 말한다. **여섯, 머저리 여섯.** 그리고 또 이렇게 말한다. **이번 컬렉션은 상품이야, 최상품. 근 몇 달 중에 최고라고.** 놓치면 후회할 거라는 조언도 남긴다. 연이어 몇 차례 통화를 한다. 잠깐이지만, 우리에 대해 잊고 있다.

내 옆에서 천 때문에 질식할 것 같은지 기침 소리가 들린다. 남자의 기침 소리다.

"저 이거 들어봤어요." 그가 말한다, 아주 낮은 목소

경매   13

리로. "거짓말이거나 괴담 같은 거라고 생각했죠. 경매라고 부르더군요. 택시 기사들이 돈이 될 것 같은 승객들을 골라내서 납치하는 거예요. 그런 후에 구매자들이 와서 서로 자기가 원하는 남자나 여자를 얻으려고 값을 올려 불러요. 그러고 나서는 데려가는 겁니다. 그 사람들의 물건을 털고, 그 사람들을 앞세워 집을 털어요, 문을 열게 만드는 기죠, 신용카드 비밀번호도 토해내게 만들고요. 그리고 여자들은요. 여자들은."

"뭐라고요?" 내가 말한다.

그가 내 목소리, 여자 목소리를 들었다. 그가 입을 다문다.

내가 그 밤 택시를 탔을 때 처음으로 생각했던 단어는 '드디어'였다. 나는 좌석 등받이에 머리를 기대고 눈을 감았다. 술을 몇 잔 마신 상태였고 나는 너무도 슬펐다. 술집에는 그 남자가 있었고, 나는 그 남자 때문에 우정을 가장해야 했다. 그와 그의 아내 앞에서. 나는 언제나 연기를 한다. 그리고 나는 연기를 잘한다. 하지만 택시에 올랐을 때 나는 숨을 크게 내쉬고는 **'아, 살 것 같네…… 이제 집에 간다, 가서 울어야지, 소리 내어 울어야지……'**라고 속으로 말했다. 순간 살짝 잠이 든 것 같다. 그런데 갑자기, 눈을 떴을 때, 택시는 내가 모르는 곳에 와 있었다. 텅 빈, 캄캄한, 공장 단지. 머릿속에 경보가 울렸고 두뇌가 펄펄 끓기 시작했다. 네 인생 이제 좆된 거야.

택시 기사가 권총을 꺼내더니 내 눈을 보고는, 괴이하게도 상냥한 어조로 말했다.

"목적지에 도착하셨습니다, 아가씨."

뒤이어 일어난 일은 빨랐다. 내가 잠금장치를 누를 새도 없이 누군가 밖에서 문을 열었고, 내 머리 위에 더러운 천을 씌우고 손을 묶은 뒤 나를 투계장 썩은 내가 나는 차고 같은 곳에 집어넣고는 한쪽 구석에 무릎을 꿇고 엎드리게 했다.

대화 소리가 들린다. 뚱뚱한 남자와 다른 누군가, 그리고 이어서 다른 사람과 또 다른 사람. 사람들이 도착한다. 웃음소리가 들리고 맥주병 따는 소리가 들린다. 마리화나 냄새가 나기 시작한다. 그런 유의 또 다른 어떤 것의 매캐한 냄새도. 내 옆에 있는 남자는 언젠가부터 내게 침착하라는 말을 하지 않는다. 자기 자신에게 그 말을 계속하고 있어야 하는 것이다.

그는 생후 8개월 된 아기와 세 살 난 남자아이가 있

다고 말했었다. 그는 지금 그 애들 생각을 하고 있을 것이다. 그리고 이런 약에 취한 놈들이 자기가 살고 있는 외부인 출입 제한 고급 주택지에 들어가는 것에 대해서도. 그렇다, 그는 그것에 대해 생각하고 있다. 자동차를 수리 공장에 보낸 이후 매일 밤 그랬던 것처럼 그가 경비에게 인사를 하는 것을, 그사이 이 짐승 같은 놈들이 몸을 수그린 채 뒤로 들어가는 것을. 그는 아름다운 아내와 생후 8개월 된 아기와 세 살 난 남자아이가 있는 그의 집에 그들을 들여보낼 것이다. 그는 그들을 그의 집에 들여보낼 것이다.

그리고 그 일에 대해 그가 할 수 있는 일은 하나도 없는 것이다.

내 오른쪽으로 조금 떨어진 곳에서, 낮게 중얼거리는 소리가 들린다. 한 여자가 울고 있는데, 아까 울었던 여자와 같은 여자인지는 모르겠다. 뚱뚱한 남자가 총을 쏘았고 우리는 모두 바닥에 최대한 납작 엎드린다. 우리에게 쏜 것은 아니지만, 총을 쏘았다. 마찬가지다. 공포가 우리를 반으로 갈랐다. 뚱뚱한 남자와 그의 패거리들의 웃음소리가 들린다. 그들이 가까이 다가오더니 우리를 이 공간 한가운데로 몬다.

"좋습니다, 여러분, 오늘 밤 경매가 열립니다. 굉장히 예쁘고 아주 단정한 사람들이 매물로 나옵니다. 여기 제 앞에, 여왕님이 있네요. 그으렇지! 두려워 말아요, 언니, 물지 않아요. 그렇죠, 이제 맘에 드네. 이 신사분들이 여러분들 중 누구를 데려갈지 고를 수 있도록 그렇게요. 규칙은 말이죠, 신사분들. 언제나처럼, 돈 많이 내는 사람이 최고의 물건을 가져가는 겁니다. 경매가 진행되는 동안 무기는 여기 제게 맡기세요, 제가 잘 챙겨두겠습니다. 감사합니다. 언제나처럼 기쁘네요, 여러분들을 맞이할 수 있어서."

뚱뚱한 남자는 텔레비전 프로그램을 진행하듯 우리를 소개한다. 우리는 그들을 볼 수 없지만, 우리를 살펴보면서 고르는 강도들이 있다는 것은 알 수 있다. 그리고 강간범들도. 나는 여기 강간범들이 있다고 확신한다. 그리고 살인자들도. 어쩌면 살인자들도 있을 것이다. 아니면 더 나쁜 자들도.

"시이이이이인사 수우우우욱녀 여러분!"

뚱뚱한 남자는 훌쩍거리는 것들이나 아이가 있다고 사정하는 것들이나 **네가 지금 누구한테 이러고 있는 건지 알기나 해?**라고 필사적으로 외치는 것들, 다 맘에 들어 하지 않는다. 전혀. 감옥에서 썩을 줄 알라고 협박하는 것들은 더 싫어한다. 그런 모든 사람들은 여자건 남자건, 배에 주먹을 한 방씩 맞았다. 나는 사람들이 숨이 턱 막혀 바닥에 쓰러지는 소리를 들었다. 나는 닭에 집중한다. 어쩌면 한 마리도 없을 수 있다. 하지만 닭들이 내는 소리가 들린다. 내 안에서. 닭들과 남자들. **그만 좀 해, 계집애처럼 굴지 말라고. 그냥 투계꾼이잖아, 씨발.**

"이 아저씨, 우리의 첫번째 참가자, 이름이 어떻게 되죠? 뭐라고요? 크게 말해요, 친구. 리카르도오오오, 환영합니다아아아, 브랜드 있는 시계를 차고 있고 저어어엉말 좋은 아디다스 신발을 신고 있습니다. 리카르도오오오 씨는 분명 도오오오오오오오오온이 많겠죠! 그럼 리카르도 씨의 지갑을 볼까요. 신용카드가 있네요, 오오오오! 비자카드 고오오오올(드), 메시!"

뚱뚱한 남자가 썰렁한 말장난을 한다.

리카르도의 몸값 부르기가 시작된다. 한 명이 3백 달러를 부르니, 다른 이가 8백을 부른다. 뚱뚱한 남자는 리카르도가 도시 외곽의 외부인 출입 제한 고급 주택지에 산다는 사실을 덧붙인다. 강이 바라다보이는 전망 좋은 집.

"저 너머, 우리 같은 가난한 사람들은 발 들이기는커 녕 구경조차 못 하는 곳. 거기에 우리 친구 리키가 삽 니다. 리키라고 불러도 되지? 응? 영화 「리키 리콘」*처 럼."

섬뜩한 목소리 하나가 5천을 부른다. 그 섬뜩한 목 소리가 리카르도를 데려간다. 다른 사람들이 박수로 환호한다.

"콧수염 신사분께 5천에 낙찰되었습니다!"

가느다란 목소리의 낸시라는 여자를 뚱뚱한 남자가 만진다. 만진다는 걸 내가 아는 이유는, 그가 **가슴 좀 보세요, 빵빵하네, 봉긋 솟았어, 와, 젖꼭지 좀 봐,**라고 말하면서 침을 삼키고 있기 때문인데, 그런 말들은 만 지지 않고는 할 수 있는 말도 아닐뿐더러, 그 무엇이

* 도널드 피트리 감독의 1994년 작 코미디 영화. 「나 홀로 집에」로 유명한 매콜리 컬킨 주연의 영화로, 억만장자의 아들로 태어난 세계 최고의 부자 어린이 이야기다. 영어 원작의 제목은 「리치 리치Richie Rich」로 '부유한Rich'이라는 단어와 발음이 같은 '리치Richie'가 주인공 이름이다. 스페인어권 개봉 제목 「리키 리콘Riqui Ricón」도 '매우 부유한Ricón'이라는 뜻의 단어와 발음이 유사한 '리키'를 주인공 이름으로 했다.

그가 만지는 걸 막을 수 있단 말인가, 그 누가. 낸시의 목소리는 젊다. 스물 남짓. 간호사이거나 선생님일 수 도 있겠다. 뚱뚱한 남자가 낸시를 벌거벗긴다. 우리는 그가 그녀의 벨트를 풀고 단추를 끄르고 속옷을 벗겨 내는 소리를 듣고 있다. 그녀가 아무리 **제발요,**라고 수 없이 말해보지만 소용없다. 엄청난 두려움에 우리들의 더러운 천이 눈물에 젖는다. 이 엉덩이를 좀 보세요. 이야, 물건이네. 뚱뚱한 남자가 낸시를 핥는다, 낸시의 항문을. 혀로 마구 핥는 소리가 들린다. 남자들이 포효 하며 부추기고 환호성을 질러댄다. 그러더니 살과 살 이 맞부딪치는 소리. 그리고 울부짖음. 울부짖음.

"신사분들, 제가 버릇이 나빠서 이러는 게 아닙니다. 품질 관리죠. 10점 만점에 10점 주겠습니다. 저기서 우 리 친구 낸시를 곱게 씻기고 쾌락을 즐기세요."

그녀는 분명 예쁜가 보다. 사람들이 즉각, 2천, 3천, 3,500을 부르는 것을 보니. 낸시가 3,500에 팔린다. 섹스가 돈보다 싸다.

"이 엉덩이 빵빵한 여자를 데려갈 행운아는 십자가 목걸이를 하고 금반지를 낀 신사분입니다."

우리는 한 명씩 한 명씩 팔려 나간다. 생후 8개월 된 아기와 세 살 난 남자아이가 있다던 내 옆의 청년은, 뚱뚱한 남자가 뽑아낼 수 있는 모든 정보를 뽑아낸 탓에 이제 이 경매장에서 가장 큰 물고기가 되었다. 두둑한 통장이 여러 개, 회사의 중역인 데다가 기업가의 아들, 고가의 미술 작품 소유, 그리고 아내와 자식들. 그는 딱 복권이다. 그들은 분명히 그를 납치하여 몸값을 요구할 것이다. 입찰가는 5천에서부터 시작한다. 만까지, 만 5천까지 오른다. 2만에서 멈춘다. 누구라도 그와는 싸움에 말려들기를 원치 않는 어떤 누군가가 2만을 부른 것이다. 처음 듣는 목소리다. 그는 바로 이 매물을 위해 여기에 왔다. 멍청한 짓으로 시간을 낭비하러 여기 있었던 게 아니다.

뚱뚱한 남자도 아무런 멘트를 하지 않는다.

내 차례가 되자, 나는 닭들에 대해 생각한다. 눈을 감고 괄약근을 풀어준다. 이것은 내 인생에서 가장 중요한 일이 될 것이다, 그러니 잘해낼 것이다. 내 다리가, 내 발이, 그리고 바닥이 흥건히 젖는다. 나는 홀의 한가운데에서, 범죄자들에게 둘러싸여 한 마리 소처럼 그들 앞에 내놓여 있으니, 나는 한 마리 소처럼 장을 비운다. 할 수 있는 한, 한쪽 다리로 다른 쪽 다리를 마구 비벼대고, 속이 터져 나온 인형 같은 자세를 취한다. 미친 여자처럼 소리를 지른다. 머리를 마구 흔들고, 외설스런 말들, 마구 지어낸 단어들, 하늘나라로 간 닭들에게 말하곤 했던 넘쳐나는 벌레들과 옥수수 같은 것들을 되는대로 지껄인다. 나는 그 뚱뚱한 남자가 나에게 총을 쏘려는 찰나임을 알고 있다.

그런데 그는 내게 귀싸대기를 날렸고 나는 입이 디진다. 혀를 깨무는 바람에 혀가 찢어진다. 피가 내 가슴 위에 떨어지기 시작하더니, 내 배를 타고 내려가 똥과 오줌과 함께 섞인다. 나는 웃기 시작한다, 정신 줄을 놓고, 웃고, 웃고, 또 웃는다.

뚱뚱한 남자는 어찌할 바를 모른다.

"이 괴물에게 얼마를 부르실래요?"

아무도 값을 부르려 하지 않는다.

뚱뚱한 남자는 내 시계와 내 핸드폰과 내 지갑을 내놓는다. 모두 싸구려, 중국산이다. 분위기를 어떻게든 살려보려고 내 가슴을 움켜잡는다. 나는 끽끽 소리를 지른다.

"15? 20?"

하지만 아무도, 아무도 없다.

그들이 나를 뒤뜰에 내던진다. 세차용 호스로 내게 물을 뿌리고는 차에 나를 태우더니 젖은 채로, 맨발인 채로 정신을 잃은 나를, 과야킬 외곽 순환도로 가에 버린다.

괴물

나르시사는 항상 이렇게 말했다. 죽은 것들보다 살아 있는 것들을 더 무서워해야 한다고. 하지만 우리는 믿지 않았다. 공포영화에서 무서운 존재란 언제나 죽은 자들, 되살아난 자들, 뭐에 씐 자들이었으니까. 메르세데스는 악마라면 기겁을 했고 나는 뱀파이어를 무서워했다. 우리는 종일 그런 존재들에 대해 이야기했다. 악마에 씌는 일이나 소녀들의 피를 먹고 산다는 커다란 송곳니를 가진 남자들에 대해. 아빠와 엄마는 우리에게 인형과 동화책을 사주었지만 우리들은 인형을 가지고 영화 「엑소시스트」*의 장면들을 만들어냈고 백마 탄 왕자님은 사실 백설공주를 깨워 불사의 존

---

* 몸을 뒤집어 사지로 걷는 일명 '스파이더 워크'로 유명하다(윌리엄 프리드킨 감독, 1973).

재로 만들려는 뱀파이어라고 생각했다. 낮에는 아무래도 괜찮았다. 우리들은 용감했다. 하지만 밤이 되면 나르시사에게 우리 방으로 올라와 함께 있어달라고 떼를 썼다. 아빠는 나르시사 — 아빠는 그녀를 **가사도우미**라고 불렀다 — 가 우리 방에서 자는 걸 좋아하지 않았지만 나르시사로서도 어쩔 수가 없었다. 나르시사가 오지 않으면 우리가 내려가서 **가사도우미**의 방에서 자겠다고 했으니까. 그런데 바로 그게 나르시사는 무서웠나 보다. 악마나 뱀파이어보다 더. 한 열네 살쯤 되었을 나르시사는 우리랑 자고 싶지 않다고 하면서도, 마지못해 우리 방으로 오면서 그 얘기를 하곤 했다. 죽은 것들보다 살아 있는 것들을 더 무서워해야 한다고. 우리는 그런 멍청한 말이 어디 있나 하고 생각했다. 아니 어떻게 나르시사를, 예를 들어 「엑소시스트」의 소녀 리건보다, 우리 집 정원사 페페 아저씨를 살렘의 뱀파이어*나 악마의 자식 데미안†보다 더 무서워할 수

---

* 스티븐 킹의 소설 『살렘스 롯』을 원작으로 한 TV용 영화 「공포의 별장」(토브 후퍼 감독, 1979)에 등장하는 뱀파이어.

† 오컬트 영화의 고전 「오멘」(리처드 도너 감독, 1976)에 등장하는, 666의 표식을 달고 태어나 인간의 아들로 살아가는 악마의 자식. 이 영화는 데미안의 섬뜩한 표정을 관객의 뇌리에 각인시키며 전

있을까. 아니 그럼 늑대인간보다 아빠를 더 무서워해야 한다는 건가. 말도 안 된다.

아빠와 엄마는 항상 집에 없었다. 아빠는 일을 했고 엄마는 카드놀이를 했다. 그래서 메르세데스와 나는 매일 오후 학교에서 돌아오면 곧장 비디오 가게로 공포영화를 빌리러 갈 수 있었다. 가게에서 일하는 남자는 우리에게 말없이 비디오를 내주었다. 분명히 비디오 케이스에 16세 이상 또는 18세 이상이라고 쓰여 있었지만 남자는 아무런 말이 없었다. 여드름 가득한 얼굴에 엄청나게 뚱뚱한 남자였는데 항상 사타구니 쪽으로 선풍기를 틀어놓고 앉아 있었다. 그가 딱 한 번 우리에게 입을 열었던 건 우리가 「샤이닝」*을 빌렸을 때였다. 케이스를 보다가 우리를 쳐다보더니 이렇게 말했다.

"여기 너희들하고 똑같이 생긴 쌍둥이 자매가 나와. 죽은 애들인데, 걔네 아빠가 그 애들을 죽였지."

세계적인 흥행을 기록했다.
* 스탠리 큐브릭 감독의 1980년 작 영화. 사진작가 다이앤 아버스의 사진을 모티프로 삼은, 호텔에서 죽은 쌍둥이 자매가 나타나 영원히 같이 놀자고 하는 장면이 특히 유명하다.

괴물

메르세데스가 내 손을 꽉 잡았다. 그리고 그렇게 우리는 잠시 서 있었다. 손을 잡고, 똑같은 교복을 입고, 그를 바라보면서. 그가 우리에게 그 영화를 줄 때까지.

메르세데스는 정말 겁이 많았다. 새하얀 얼굴에 약골이었다. 엄마는 탯줄을 통해 들어오는 영양분을 내가 다 먹어버려서 메르세데스가 그렇게 조그맣게 태어났다고 했다. 콩알만 하게. 나는 반대로 황소처럼 태어났다고 했다. 딱 그 단어를 썼다. 황소. 그러니 황소는 콩알을 책임져야 했다. 걔한테 뭘 해줘야 하지? 나는 가끔 콩알이 되고 싶었으나 불가능했다. 나는 황소였고 메르세데스가 콩알이었다. 분명 메르세데스도 가끔은 황소가 되고 싶었을 수도 있다. 맨날 내 뒤에서만 걷지 않고 내 그림자에 숨지 않고 내가 말하길 기다렸다가 내 말에 그냥 동의만 하지 않고 말이다.

"나도."

한 번도 '나는'이라고 말한 적이 없다. 항상 '나도'.

메르세데스는 공포영화를 보고 싶어 한 적이 없었지만, 내가 보자고 고집했다. 왜냐하면 학교 여자애 하나가 자기가 본 공포영화를 나는 하나도 보지 못할 거라고, 자기는 오빠랑 보았지만 나는 오빠가 없고 대신 겁쟁이로 유명한 메르세데스만 있으니 그럴 거라고 말했기 때문이었다. 나는 그 말을 참을 수 없어서 그날 오후 메르세데스를 끌고 비디오 가게로 가 「나이트메어」* 시리즈를 전부 빌렸고 그날 밤, 그리고 그다음에도 계속해서 우리는 나르시사에게 우리 방으로 올라와서 같이 자자고 졸라야 했다. 왜냐하면 프레디†는 꿈에 들어올 수 있고 꿈속에서 우리를 죽일 것이며 그러면 아무도 우리가 왜 죽었는지 모를 테니까, 그냥 심장마비이거나 자기 침에 기도가 막혀 죽은 줄, 그냥 그런 평범한 사고인 줄 알 거고 아무도 꿈속의 괴물이 날카로운 칼날로 된 손가락으로 우리를 죽였다는 걸 눈치채지 못할 테니까.

형제자매가 있다는 건 축복이다. 형제자매가 있다는 건 형벌이기도 하다. 이것이 우리가 영화를 보면서 배운 것이었다. 그리고 언제나 누군가는 꼭 자기 형제자매를 구해낸다는 것도.

메르세데스는 악몽을 꾸기 시작했다. 나르시사와 나는 메르세데스를 조용히 시키기 위해 모든 수를 다 동

---

* 웨스 크레이븐 감독의 1984년 작 공포영화.
† 「나이트 메어」에 나오는 꿈속 살인마 프레디 크루거.

원했다. 엄마 아빠에게 들키지 않아야 했으니까. 나를
혼낼 것이다. 공포영화라니, 다 황소 탓이다, 가여운
콩알, 가여운 메르세데스, 저리 천방지축인 아이, 선머
슴 같은 데다가 말도 잘 안 듣는 아이를 언니로 둬서
네가 고생이 많구나, 황소 너는 어째 메르세데스처럼
얌전하고 상냥하고 고분고분하질 못하니, 라고.

메르세데스의 악몽은 우리가 본 어떤 영화보다 더
무서웠다. 꿈에는 학교가 나왔고, 수녀들, 악마에 씐
수녀들이 나와 벌거벗고 몸 아래쪽을 만지며 춤을 추
었으며 양치질을 하거나 샤워를 할 때 거울 속에서 나
타났다. 수녀들은 프레디처럼 꿈속으로 들어온 것이
다. 그런데 우리는 그런 영화를 빌려 본 적이 없었다.

"또 뭐가 나와? 메르세데스?" 내가 이렇게 물었지만
메르세데스는 말을 못 하고 그냥 끽끽 소리를 지르기
만 했다.

메르세데스가 지르는 소리는 살갗을 파고들었다. 울
부짖음 같기도 했고 나를 마구 할퀴거나 깨무는 것 같
기도 했는데, 어쨌거나 동물의 것이었다. 눈을 뜨고 나
서도 걔는 아직 그곳, 그러니까 꿈속 그곳에 있었고 나
르시사와 나는 빨리 이곳으로 돌아오라고 메르세데스

를 꼭 끌어안았다. 어떤 때는 정신을 차리기까지 한참
걸렸고 그럴 때면 나는 엄마 배 속에 있을 때처럼 내
가 메르세데스의 것들을 또다시 뺏어 먹고 있는 건가
하는 생각을 했다. 메르세데스는 마르기 시작했다. 우
리는 처음엔 똑같이 생겼었는데, 점점 더 닮지 않게 되
었다. 왜냐하면 나는 점점 더 황소같이 변했고 메르세
데스는 점점 더 콩알만 해졌기 때문이다. 눈은 퀭하고,
등은 구부정하고, 몸은 뼈다귀만 남았다.

나는 학교의 '자매님들'에게는 결코 지나친 애정
을 주지 않았는데, 그들도 나에게 그러지 않았다. 사
실 우리는 서로를 아주 싫어했다는 뜻이다. 그들은 자
기들에겐 **반항적인 영혼**—정확히 이 표현을 사용했
다—을 알아보는 레이더가 있으며, 내가 그런 영혼
이라고 했지만 나는 괜찮았다. '반항적인'이란 단어
는 '레코드판'과 '콜라'라는 소리로 들리는데* 나는 그
둘 다 엄청나게 좋아했으니까. 나는 그들의 위선이 정
말 싫었다. 못됐으면서 착한 척하고 다녔다. 그들은 학
교의 모든 칠판을 나더러 지우라고 시켰고 예배당 청

* díscola(반항적인)의 스페인어 발음이 '디스콜라'인데, '디스코disco'
  (레코드판)와 '콜라cola'(콜라)로 들린다는 말이다.

소를 하라고 했고 원장 수녀님의 자선 사업을 도우라
고 했다. 자선 사업이란 다만 우리 부모님 같은 사람들
이 준 것을 다시 가난한 사람들에게 나눠주는 일에 지
나지 않았다. 아니 사실 나눠준다기보다 그것들을 중
간에서 빼돌려, 자기들이 좋은 생선 요리를 먹고 자기
들이 푹신한 깃털 이불을 덮고 잔다고 해야겠다. 나는
계속해서 벌을 받고 또 벌을 받았다. 수녀님들은 민어
요리를 먹으면서 왜 가난한 사람들에게는 밥만 주냐
고 물었기 때문이었다. 나는 주님께서 좋아하지 않으
실 거라고, 그분이 물고기를 만드신 건 모두를 위해서
였다고도 말했다. 메르세데스는 내 팔을 꽉 잡고서 울
음을 터뜨렸다. 그리고 내 옆에서 무릎을 꿇고 눈을 꼭
감은 채 나를 위해 기도했다. 아기 천사 같았다. 메르
세데스가 성모 마리아에게 기도하는 동안 나는 세상이
완전히 멈췄으면 하는 마음이 들었다. 왜냐하면 여동
생의 기도만이 이 **개같은** 세상에서 유일하게 가치 있
는 것 같았기 때문이었다. 수녀님들은 우리 부모님에
게 내 여동생은 수도회의 일원이 되기에 완벽한 아이
라고 말하곤 했고 나는 그런 얘기를 들을 때면 동생이
끔찍한 수녀복이라는 감옥에, 그리고 거대한 십자가라

는 족쇄를 찬 그런 삶에 영원히 갇히고 마는 것을 상상
하곤 했다. 그런 생각을 하면 나는 견딜 수가 없었다.

그 방학 때 생리가 시작되었다. 메르세데스가 먼저
였고, 그다음이 나였다. 엄마가 없었기 때문에 생리대
사용법을 가르쳐준 건 나르시사였다. 우리가 오리처럼
뒤뚱뒤뚱 걷자 크게 웃은 것도 나르시사였다. 나르시
사는 또한 우리에게 그 피가 의미하는 것은 남자의 도
움을 받으면 이세 아기를 가질 수 있다는 것, 그 이상
도 그 이하도 아니라고 말해주었다. 어처구니없었다.
아기를 만드는 것과 같은 정말 이해하기 힘든 일을 어
제는 할 수 없었는데 오늘은 할 수 있다니. 거짓말하지
말라고, 우리가 말했다. 그랬더니 나르시사는 우리 둘
의 팔을 움켜쥐었다. 나르시사의 손은 크고 힘이 세서
남자 손 같았다. 손톱은 길고 날카로워서 병따개 없이
도 음료수병을 딸 수 있을 것 같았다. 나르시사는 몸집
도 크지 않았고 나이도 많지 않았다. 고작 우리보다 두
살 많은 것뿐인데 인생을 4백 번은 산 사람 같았다. 잡
힌 팔이 아팠다. 나르시사는 이제 진짜로 죽은 것들보
다 살아 있는 것들을 더 조심해야 한다고, 이제 진짜로
죽은 것들보다 살아 있는 것들을 더 무서워해야 한다

고, 우리를 계속 붙들고 말했다.

"이제 여자가 된 거야." 나르시사가 말했다. "인생은 장난이 아니야."

메르세데스가 울음을 터뜨렸다. 메르세데스는 여자가 되고 싶지 않은 것이다. 나도 그랬다. 하지만 황소보다는 여자가 되는 게 나았다.

어느 날 밤 메르세데스는 또 악몽을 꾸었다. 그런데 수녀들이 나오는 꿈이 아니라 남자들이 나오는 꿈이었다. 얼굴이 없는 남자들이 메르세데스의 생리혈을 가지고 장난을 치다 피를 몸에 문지르니 이곳저곳에서 괴물같이 생긴 아기들이 나타났다. 아기들은 아주 조그마해 생쥐 같았는데 메르세데스를 마구 뜯어 먹으려고 했다. 메르세데스를 진정시킬 방법이 없었다. 우리는 나르시사를 찾으러 차고로 갔다. 그런데 문이 안에서 잠겨 있었다. 어떤 소리가 들렸다. 그러더니 조용해졌다. 다시 어떤 소리가 들렸다. 우리는 부엌에 가만히 앉았다. 컴컴한 부엌에서 우리는, 나르시사가 나오기를 기다렸다. 마침내 문이 열렸고 우리는 나르시사를 향해 달려들었다. 우리에겐 나르시사의 포옹이, 양파와 고수 냄새가 나는 나르시사의 손이, 죽은 것들보다 살아 있는 것들을 더 무서워해야 한다는 나르시사의 주술 같은 말이 절실하게 필요했다. 그런데 몇 센티미터를 남겨두고 우리는 우리 앞에 있는 것이 나르시사의 몸이 아니라는 걸 깨달았다. 공포에 질려 우리는 멈춰 섰다. 찍소리도 내지 못하고 그 자리에 얼어붙었다. 차고 문을 열고 들어오는 사람은 나르시사가 아니었다. 심장이 터질 것처럼 뛰었다. 그 실루엣이 익숙하면서도 낯설어서 불쾌감과 공포가 우리를 덮쳤다.

나는 어찌할 바를 몰랐다. 메르세데스의 입을 막기엔 너무 늦어버렸다. 메르세데스가 비명을 질렀다.

아빠는 우리 뺨을 차례로 갈기더니 태연히 계단을 올라갔다.

다음 날 아침 나르시사와 그녀의 짐 모두 집에서 영영 사라졌다.

그리셀다

그리셀다 아주머니는 정말 환상적인 케이크를 만드
시곤 했다.

아주머니에게는 파일이 몇 권 있었는데, 온 우주에
서 가장 멋진 케이크 사진들이 가득했다. 생일을 맞을
때 가장 행복한 순간은 새 원피스를 입는 순간이 아니
었다. 색색깔로 포장된 선물을 받는 순간도, 좋아하는
음식을 먹는 순간도 아니었다. 생일을 맞을 때 가장 행
복한 순간은 바로 케이크를 고르는 순간, 케이크를 고
르며 세상에서 가장 멋진 케이크, 바로 우리 케이크를
보았을 때 반 친구들 얼굴에 떠오를 시샘 어린 표정을
상상하는 순간이었다.

그도 그럴 것이 그리셀다 아주머니의 케이크는 세상
의 보통 케이크처럼 동그랗지가 않았다. 제각기 모양

이 있었다. 미키 마우스 모양, 인형의 집 모양, 소방차
모양, 곰돌이 푸 모양, 닌자 거북이 모양.

그리셀다 아주머니의 케이크는 그냥 흰색 케이크
도 아니었다. 엄마가 만든 케이크처럼 흰색 바탕에 알
록달록한 껌을 올린 것도 아니었고 보통의 생일 파티
에서 볼 수 있는 캐러멜이나 초콜릿 케이크도 아니었
다. 그런 케이크와는 정말 달랐다. 택시 모양의 케이크
라면 노란색 택시 케이크였고 경찰차 모양이라면 붉
은 경광등까지 달고 있었으며 축구공 케이크라면 흰색
과 검은색으로, 신데렐라 케이크라면 금발 머리에 유
리 구두, 커피색의 생쥐까지 신데렐라의 모든 색과 모
양이 다 표현되어 있었다.

그리셀다 아주머니는 정말 잊지 못할 케이크를 만드
시곤 했다. 남동생의 첫영성체 때는 펼쳐진 성경책 모
양의 케이크를 만들어주셨는데 설탕으로 만든 흰색 페
이지에 자그마한 금색 글씨로 다음과 같은 구절이 쓰
여 있었다. "사랑보다 완벽한 것은 없다. 사랑은 모든
것을 용서하며 모든 것을 믿으며 모든 것을 기다리며
모든 것을 견디느니라." 사람들은 엄마에게 저런 멋진
케이크는 어디서 났냐고 물어댔고 내 동생 대신 케이

크랑 사진을 찍느라 난리였다. 아니 사실 동생이랑 사진을 찍기는 했으나, 케이크랑 같이 찍은 것이다. 엄마는 그리셀다 아주머니에게 그 이야기를 전했다. 아주머니 얼굴이 붉어졌는데 참 행복해 보였다.

동네 아이들의 생일이 다가올 때면 매일같이 엄마들을 졸라댄 끝에, 우리들은 크게 부풀어 뛰는 가슴을 안고 그리셀다 아주머니네를 찾아갔다. 마침내 아주머니가 케이크 사진이 담긴 앨범을 우리에게 건네주는 순간, 아주머니는 중요한 의식을 치르듯 우리에게 말했다. "원하는 걸 골라보렴. 시간을 갖고 천천히." 우리가 원하는 케이크를 골라 손가락으로 사진을 가리키는 순간을 기다리시는 아주머니의 두 눈은 언제나 반짝 빛나고 있었다.

"이거요."

우리는 페이지를 넘기기 시작했다. 하지만 선택의 순간은 끔찍했다. 항상 동생들이 끼어들어 훼방을 놓았다. "엄마, 내 다음 생일에는 이걸로 하고 싶어요." "엄마, 나도 내 케이크 주세요." 말다툼이 오갔다. 한번은 우리가 결국 의견 일치를 보지 못해 내 생일 파티에 R2D2* 모양의 케이크와 스트로베리 쇼트케이크† 캐릭터 케이크가 함께 놓인 적도 있었다.

엄마는 우리가 생일 케이크를 결정하는 동안 그리셀다 아주머니의 건강이나 딸 그리셀디타에 대해서, 그리고 키우는 식물들에 대해서 묻곤 했다. 하지만 남편에 대해서는 묻지 않았다. 남편은, 사람들이 말하길 다른 여자와 도망갔다고 했다. 아니면 어느 날인가 출근한 뒤로 영영 돌아오지 않았다고 했다. 아니면 감옥에 있다고도 했다. 아니면 아주머니를 때려서 며칠 동안이나 침대에서 일어나질 못했고, 그래서 아주머니가 경찰에 신고하겠다고 협박했다고도 했다. 아니면 아주머니와 딸을 집에서 쫓아냈고, 그래서 그들이 이곳으로 올 수밖에 없었다고도 했다. 이 집은 나도 잘 알고 있었다. 내 친구 웬디 마르티요가 부모님 이혼으로 이동네를 떠나기 전까지는 여기에 살았으니까.

같은 집이기는 해도 그리셀다 아주머니의 집과 웬디 마르티요의 집은 무척이나 달라 보였다. 아마도 비좁은 거실에 놓인 커다랗고 칙칙한 색의 가구들 때문

---

* 조지 루카스 감독이 만든 1977년 개봉작에서부터 시작된 시리즈 영화 「스타워즈」에 나오는 로봇 캐릭터.

† 1980년대에 방영되었던 TV 애니메이션 속 캐릭터.

이었거나 아니면 언제나 닫혀 있었던 두꺼운 커튼 때문이었을지도 모르겠다. 그리셀다 아주머니네 집은 낡은 집의 냄새, 오래 묵은 냄새, 먼지 냄새가 났다. 하지만 그런 건 전혀 중요하지가 않았다. 아주머니의 케이크 파일을 펼치기만 하면 전혀 다른 세상이 나타났으니까. 알록달록한 케이크들. 디즈니 캐릭터 케이크, 설탕으로 만든 녹색 잔디가 깔려 있고 캐러멜로 만든 골대와 비스킷으로 만든 축구 선수들이 놓인 축구 경기장 케이크, 초콜릿 동전이 가득 담긴 보물 상자 케이크. 하트, 곰, 아기 신발, 바비 인형, 스파이더맨 등 정말이지 우리가 상상할 수 있는 모든 케이크들.

그리셀다 아주머니는 케이크를 만드는 일로 먹고사는 것은 아니었다. 사실 아주머니는 돈도 별로 받지 않았다. 왜냐하면 우리 동네 사람들은 하나같이 돈이 별로 없었으니까. 아주머니의 딸, 그러니까 그리셀디타가 가족을 부양하고 있었다. 그녀에게 뭔가 있었던 것 같다. 두 번이나 차를 바꿨고 늘 새 옷을 선보였다. 건너편에 사는 마르타 아주머니는 파나마에서 물건을 떼어 오곤 했는데 그리셀디타는 그 물건들을 트렁크째로 사 가곤 했다. 그리셀디타가 나쁜 길에 빠진 것 같다는 소문을 낸 사람은 바로 마르타 아주머니였다. 이렇게 말했다. "나쁜 길"이라고. 그리셀디타는 금발에 피부는 새하얬으며 언제나 하이힐을 신어 키도 아주 커보였다. 새벽 4시에 귀가하면서는 요란한 차 브레이크 소리와 이어지는 열쇠 소리, 구두 소리로 새벽의 고요를 깨는 일이 잦았다. 동네의 어떤 여자도 하지 않는 행동이었지만 그리셀디타만은 했다.

하루는 나의 열한 살 생일 파티를 위해 케이크를 고르러 갔다. 아주머니 댁에 막 들어서려는데 앞서가던 엄마가 갑자기 나더러 집으로 돌아가라고 했다. 언뜻 무언가 보였다. 그리셀다 아주머니가 바닥에 쓰러져 있었고 가운이 들춰져 팬티가 보였는데 꼭 죽어 있는 것만 같았다. 나는 비명을 질렀다. 엄마는 화를 내며 나를 집으로 보냈는데 얼마 지나지 않아 마르타 아주머니가 길을 건너 그 집으로 뛰어가는 것을, 또 디아나 아주머니와 알리시타 아주머니도 그 집으로 가는 것을 보았다. 곧이어 블록의 모든 사람들이 인도로 나왔다. 다들 큰 소리로 경비원 바케 씨를 불렀다. 도와달라고. 엄마들은 우리들더러 집에 있으라고 소리쳤지만 우리는 고개를 빼꼼히 내밀고 지켜보았다.

누군가 그리셀디타에게 전화를 했나 보다. 놀랐다기보다는 오히려 화가 많이 난 얼굴로 나타나, 자기 엄마를 둘러싸고 있던 아주머니들을 밀쳐냈다. 미친 여자처럼 소리를 질렀다. 참견 좋아하는 늙은이들 좀 꺼지라고, 망할 늙은이들, 여긴 아무 일도 없으니 가라고, 늙은 창녀들, 자기 일이나 신경 쓰라고, 이 수다쟁이 늙다리 아줌마들 집도 없냐고. 마르타 아주머니가 인도에 남아 중얼거렸다. "뭔 짓거리야, 웃겨, 정말. **저여자**, 창녀라고 했어, **우리더러**. 아니 우리가 자기 어머니를 도와드리고 있었는데도 말이야."

엄마는 제일 먼저 집으로 돌아왔다. 이런 소란을 좋아하지 않았으니까. 이렇게 말했다. "나는 정말이지, 이런 소란이 싫어." 엄마 손에는 피가 묻어 있었고 우리는 놀라서 울음을 터뜨렸다. "그리셀다 아주머니는 넘어지신 거야, 별일 아니야, 괜찮으셔, 그냥 미끄러지신 것뿐이야, 막 걸레질을 해서 바닥이 미끄러웠거든." 그 뒤 나는 엄마가 다른 아주머니들과 이야기하는 걸 들었다. 그리셀다 아주머니에게서 술 냄새가 났다고, 넘어져서 이마가 깨졌다고, 엄마는 말했다. 토사물이 더럽게 다 묻어 있었다고, 엄마는 소곤거렸다. 다

그리셀다   43

른 아주머니들은, 다친 건 딸이 그런 거야, 딸이 때린 거야, 라고 했다. "때렸대, 때렸대"라고 말했다. 엄마는 믿지 않았다. 아니야, 그럴 리 없어, 딸이 엄마를, 아냐, 그건 선을 넘은 거지, 그건 아니야, 아니야 그건. 다른 아주머니들은, 맞다니까, 맞아, 라고 했다. 둘 다 술독에 빠져 산다니까. "술독에 빠져 산다"고 말했다. 그래서 술에 취해 들어와 엄마를 때린다고. 아니면 술 취한 엄마를 보고 때린 거라고. 아니 술에 취하지 않았어도 때린다고. 매일같이 그런다고.

그해 내 열한번째 생일엔 케이크가 없었다. 그 일 이후 엄마는 그리셀다 아주머니에게 일 맡기기를 꺼렸고 그래서 우리는 숫자 11 모양의 초가 꽂혀 있는, 하얀 머랭과 동그란 껌이 잔뜩 붙은 카스텔라를 먹었다. 엄마는 내게 다음 해에는 세상에서 가장 멋진 케이크를 해주겠다고 했고 나는 은색 술 장식이 달린 분홍색 공주 드레스를 입은 키가 아주 크고 눈부신 금발에다가 왕관을 쓴 바비 인형, 모든 것이 케이크 층으로 되어 있고 사이사이 맛있는 게 들어 있는 그런 바비 인형을 상상했다. 그리셀다 아주머니는 내게 세상에서 가장 아름다운 바비 인형 케이크를 해주실 것이다. 벌써부터 머릿속에 그려졌다. 식탁 한가운데에 놓인 너무도 완벽한 케이크. 친구들은 부러워서 죽고 말 것이다. 치익, 치익, 치익. 하나씩 나가떨어지겠지. 퇴치제를 맞고 쓰러지는 바퀴벌레들처럼.

그해 크리스마스는 무척이나 더워서 동네 사람 절반은 집 밖 인도에 나와 있었는데, 갑자기 총소리가 울렸다. 탕. 천둥소리처럼. 박쥐들이 놀라 끽끽거리며 날아올랐다. 개들도 마구 짖기 시작했다. 사람들은 모두 그리셀다 아주머니네 집 주위로 모여들었으나 아무도 감히 안으로 들어가지는 못했다.

경찰 몇 명이 흰 천으로 감싼 아주머니를 들것에 싣고 나왔는데, 흰 천은 점점 피로 물들었다. 마치 얼룩이 자라고 있는 것처럼.

"무슨 짓을 한 거야, 그리셀디타?" 엄마가 울었다. "딸이 그런 거야?" 마르타 아주머니가 울었다. 엄마들은 우리 눈을 가리며 집으로 가라고 했지만 아무도 말을 듣지 않았다. 우리는 거기서 조금 떨어진 곳에 머물러 있었다. 경찰차 불빛이 빙글빙글 돌았다. 모든 게 붉은빛이었다. 멀리서는 누군가 폭죽을 터뜨리는 소리, 불꽃놀이 소리가 들려왔다. 얼룩은 점점 커지고,

커지고, 커지더니 갑자기 흰 천 밖으로 아주머니 손이 툭 떨어졌다. 딱 손 하나만 삐져나온 것이 마치 이렇게 말하는 것 같았다. "잘 있어, 안녕, 거기 있으렴."

며칠 지나지 않아 트럭 한 대가 와서 그리셀다 아주머니의 커다란 가구들과 상자를 가득 싣고 갔는데, 내 생각에는 아마도 그 상자와 함께 케이크 사진들이 담긴 파일들도 같이 갔을 것이다. 아주머니의 딸도 그날 동네를 떠났다. 그리고 우리는 그녀를 다시는 보지 못했다.

그 후 내 생일 파티에는 빌어먹을 동그란 케이크가 놓이게 되었지만, 사실 이제 나는, 그런 것에 더 이상 좆도 신경 쓰지 않게 되었다.

월남

벗는다. 정말 안 좋은 일이거나 정말 좋은 일이 벌어
지고 있다. 내게 벌어지고 있다. 어찌 되었든 부모님은
알 수 없을 것이다. 나는 지금 친구 집에 있다. 언제나
그랬듯이. 하지만 내가 새로 사귄 친구, 반은 미국 사
람 반은 우리랑 같은 내 친구는 지금 교복을 벗고, 스
포츠 브래지어를 벗고, 끈 팬티를 벗고, 구두를 벗는
다. 발뒤꿈치에 자홍색 동그라미가 그려진 반스타킹은
남겨둔다. 그렇게 친구는 알몸을 드러내고 있다, 뒤돌
아선 채, 옷장을 바라보며.

불편하면서도 눈이 부시다. 그 두 가지가 다 나를 괴
롭게 한다. 다리가 짧고 못생긴 강아지, 수줍음이 많은
강아지처럼 나는 고개를 숙인 채 조금 전과 다를 바 없
는 사람으로 보이려고 애쓴다. 둘 다 옷을 입고 있었을

때처럼, 친구의 이미지, 벗은 몸의 이미지가 내 머릿속에 수없이 많은 조명탄을 터뜨리지 않은 것처럼. 디아나 워드-에스피노사. 열여섯 살. 키는 180센티미터. 미국에서는 학교 배구 스타였던 아이. 고양이처럼 빛을 발하는 녹색 눈동자. 그쪽 사람들처럼 새하얀 미소.

디아나, 미국 말로 다이애나는 언제나 쉴 틈도 없이 내게 말을 하고 또 말을 한다. 영어와 스페인어를 섞어가며, 아니면 제3의 단어를 만들어내면서. 정말이지 너무나도 재미있어서 나는 큰 소리로 웃게 되곤 한다. 그 아이와 있으면 나는 마치 집에 아무 일도 없는 것처럼 웃는다. 여느 아빠들같이 우리 아빠도 나를 사랑하는 것처럼. 나는 웃는다, 마치 내가 아닌 것처럼, 행복하게 잠이 드는 소녀인 것처럼. 나는 웃는다, 험한 일 같은 건 존재하지도 않는 것처럼.

디아나가 선생님들이 했던 말들을 따라 할 때면 꼭 버벅거리다 결국 혀가 꼬이게 되는 잰말 놀이를 하는 것 같았다. 어쩌면 그래서인가, 애들이 디아나를 바보 같다고 생각해서, 아니 어쩌면 디아나가 웅장한 대저택이 아니라 조그만 아파트에 살기 때문이거나, 엄마가 영어 선생님이라서 디아나가 학비를 면제받고 있어서이거나, 디아나가 허벅지 쪽이 V자 모양으로 절개되어 있고 흰 줄이 있는 아주 짧은 파란색 반바지를 입고 동네를 뛰어다니기 때문일 수도 있다. 어쨌든 이런 이유들 때문에, 아니 그것도 아니라면 그냥 인기 많고 잘나가는 여자애들이 자기들끼리는 서열을 따지기 때문에 그 어떤 무리도 디아나를 받아들이지 않는다. 피부가 하얗고 금발에 녹색 눈에다 금색 주근깨가 있는 앙증맞은 코를 가졌는데도 그 어떤 무리도 그녀를 받아들이지 않는다.

나도 마찬가지로 어디에도 끼지 못한다. 하지만 나의 경우는 언제나 그랬듯, 뚱뚱하고 갈색 피부에 안경을 끼고 다니며 머리숱이 많고 못생긴 데다가 이상한 아이라는 이유다.

우리들은 성姓이 같아서 어느 날 컴퓨터 수업 시간에 옆자리에 앉게 되었다. 나란히. 그게 전부다. 나는 BFF가 베스트 프렌즈 포에버라는 걸 알게 되었다.

그때부터 우리는 절친한 친구, 영원한 친구다. 그때부터 디아나는 내게 공부를 같이 하자며 자기 집에 오라고 한다. 그리고 나는 엄마에게 디아나네 집에서 자고 오겠다고 한다. 그래서 우리는 그녀의 조그마한 방 안에 있고 그녀는 지금 알몸이다. 그녀가 몸을 돌리고, 자신의 크림색 몸 위에 데님 원피스를 꿰어 입는다. 음악을 튼다. 춤을 춘다. 방 안쪽 벽에는 엄청나게 큰 미국 국기가 걸려 있다.

그녀의 피부는 투명한 잔털로 덮여 있어 복숭아를 닮았고 관능적이다. 남자애들에 대해 이야기하는데 특히 우리 오빠가 마음에 든단다. 다음 날 있을 철학 시험에 대해서도 이야기한다. 선생님 너무 웃기지 않냐고, 도대체 **왓 더 퍽**, 존재가 뭐냐고, 자기는 평생 그런 것들을 이해하지 못할 거라고, 물론 나는 자기가 아는 사람 중에 가장 똑똑하니까 다 이해하고 있을 거라고. 그런데 **오케이**, 솔직히 말해서 대신 자기는 스포츠를 잘하지 않냐고 말한다.

그녀는 거울 앞에 선다. 내게서 1미터도 떨어져 있지 않은데, 겉보기에 나는 침대에 앉아 철학책에 고개를 파묻고 있을 뿐이다. 원한다면, 사실 원하는데, 나는 내 집게손가락을 뻗어 그녀의 골반뼈를 만질 수도 있을 것이고 거기서 더 미끄러져 내려가 음모가 난 곳을 만질 수도 있을 것이다. 나는 그런 금빛 음모를 본 적이 한 번도 없었고, 털이 빛나는 것이 물기 때문인지 알고 싶었다.

그녀는 어린아이처럼 곱슬거리는 머리카락—「메리의 어린 양」*에 나오는 메리의 머리카락 같은—을 묶어 말총머리를 만들고는 풍선껌 향기가 나는 립글로스를 바르더니 자기 머릿결에 대해 귀에 대해 여드름에 대해 불평하기 시작한다. 나는 여드름이 안 보인다고 말한다. 하지만 나는 그녀를 쳐다볼 수 없었고 그녀도 그걸 알고는 내게 투덜댄다. 아니 나를 쳐다보고 있지도 않으면서! 공부 좀 그만해, 너는 존재가 뭔지 이미 다 알잖아.

내 턱을 붙잡더니 내 고개를 들어 올려 자기를 바라보게 한다. 그녀의 입술에서 풍선껌 향기가 난다. 내 심장이 두근대는 소리가 들린다. 숨이 멎는다.

"여드름 보여? 여기? 보이지?"

혀가 입천장에 붙는다. 모래를 삼킨 것 같다. 나는 고개를 끄덕인다.

디아나의 쌍둥이 남동생 미치—내가 너무 좋아해서 그에게 말을 걸 때면 나는 턱이 굳어버린다—와

* 세계적으로 널리 퍼진 미국 동요. 메리는 만화와 그림 등에서 보통 곱슬머리로 그려진다.

함께 밥을 먹는다. 그는 축구 훈련을 마치고 돌아왔다. 땀에 전 티셔츠를 벗고 그대로 웃통을 드러내고 있다. 우리 셋이서만 밥을 먹으니 마치 셋이 부부인 것 같다. 디아나는 상을 차리고 나는 코카콜라를 따르고 미치는 파스타를 소스에 비벼 냄비에 담아 데운다.

그들의 부모님은 두 분 다 일하는 중일 거라고 생각한다. 엄마인 디아나 선생님은 우리 영어 선생님이기도 하지만 오후에는 어학원에서도 일한다는 걸 나는 안다. 아빠에 관해서는 전혀 모른다. 묻지도 않았다. 나는 원래 아빠들에 대해서는 절대 묻지 않는다. 디아나 선생님이 아침에 음식을 만들어놓고 가기는 하는데, 요리를 잘 못한다고, 그들은 내게 말한다. 형편없어. 우리는 크래프트사에서 나온 파마산 치즈를 각자의 접시 위에 잔뜩 뿌려 먹으며 깔깔대고 웃는다.

미치도 시험이 있지만 공부하기는 싫다. 식당이자 거실인 그곳 벽에는 사진들이 붙어 있다. 해바라기 분장을 한 어린 미치와 디아나. 우편함이 세워져 있는 집 앞에서 찍은 날씬하고 젊은 디아나 선생님. 이름이 키도인 검은 강아지와 그 옆의 아기 미치. 크리스마스 날 선물에 둘러싸인 아이들. 임신한 디아나 선생님. 흰옷을 입은 첫영성체 날의 디아나.

전형적인 1970년대 미국 사진들이 발하고 있는 빛 속에 어떤 슬픔이 배어 있다. 어쩌면 너무 지나치게 파스텔 톤을 띠고 있어서일 수도 있고 어쩌면 먼 곳이어서일 수도, 어쩌면 사진에는 드러나지 않는 모든 것 때문일 수도 있다. 나는 내 것이 아닌 슬픔을 느낀다. 나도 슬픔이 있지만 저 슬픔은 또 다르다. 저런 삶, 해바라기 분장을 한 아이들, 검은 강아지 옆의 예쁜 아기, 겉보기에는 완벽해 보이는 저 모든 것, 하지만 그렇게 다 좋을 수는 없는 그런 것. 다 좋을 수는 없다. 금발 머리, 운동선수로서의 다부진 몸, 발그레한 뺨, 빛나는 눈동자에도 불구하고 어떤 건 좋지 않을 것이다.

디아나와 미치와 내게는 모두 어떤 절망이 있고 그늘진 구석이 있다. 이 조그마한 아파트에서 그런 사춘기 아이 셋이 바닥에 앉아 음악을 듣는다.

레코드판을 올린다. 마마스 앤드 파파스, 도어스, 플리트우드 맥, 크리던스 클리어워터 리바이벌, 지미 헨드릭스, 밥 딜런, 사이먼 앤드 가펑클, 무디 블루스, 밴 모리슨, 존 바에즈.

디아나는 부모님이 우드스톡 록 페스티벌에 갔었다

고 이야기하며 사진첩을 하나 꺼내는데, 드디어 그들의 아빠 사진이 등장한다. 미스터 미첼 워드. 붉은 콧수염, 장발, 이마에 두른 머리띠. 너무도 미국 사람 같은 모습의 한 청년, 자식들과 마찬가지로 키가 크고 아름다운 청년이 한 여자, 젊은 디아나 선생님 — 미소 띤 얼굴, 너무도 자연스러운 그 미소 때문에 거의 못 알아볼 뻔했디 — 을 바라보고 있다.

잠시 후 페이지를 넘기자 다른 사진이 나왔고 우리는 잠시 말을 멈춘다. 군복을 입고 서 있는 아빠. 미첼 워드 중위.

그는 베트남에 갔어.

디아나와 미치 둘이서 동시에 같은 말을 뱉었는데 마치 한 사람이 남자 목소리와 여자 목소리로 말하는 것 같다.

그는 베트남에 갔어.

그는 월남에 갔어.

월남.

다시 그늘이 드리워진다. 빛이 사라지며 숨이 막히고, 성난 바다와 같은 정적이 우리를 감싼다. 우리가 좋아하는 도어스의 노래가 흐르고 우리 셋은 무릎을 감싸안고 레코드플레이어를 바라본다. 노래를 조금 따라 부르고 디아나가 해석해준다. **당신이 낯선 사람일 때 사람들은 이상해요, 당신이 혼자일 때 사람들의 얼굴은 추해 보여요.** 미치는 밴 모리슨의 「애스트럴 윅스」 앨범을 올리고 「마담 조지」가 흐를 때 나는 디아나의 다리를 베고 눕는다. 미치는 내 배를 벤다. 우리는 서로의 머리를 쓰다듬는다.

그날 오후 우리는 아무도 공부하지 않는다. 우리는 미스터 미첼 워드의 음악을 듣는다. 우리는 번갈아가며 레코드판을 갈아 끼우고 다 들은 레코드판은 조심스레 비닐 커버를 다시 씌우고 앨범 재킷에 잘 넣어 장식장 원래 있던 곳에 꽂는다. 이러한 동작은 천천히 그리고 엄숙하게 이루어진다. 나는 이 아이들이 아빠에게 작별 인사를 제대로 못 했고, 그래서 지금 이렇게 바닥에 누워 아빠의 애정이 듬뿍 담긴 레코드판을 듣는 것이 그들에게는 세상에서 가장 예쁜 작별 인사가 아닐까 생각한다. 그리고 나는 그 일원이다. 심장이 터져 나올 것 같다.

「미스터 탬버린 맨」이 흐르자 디아나가 운다. 나는 디아나의 손을 더듬어 잡고 죽을 만큼 강렬하게 느끼는 사랑의 감정을 담아 손에 키스한다. 그녀는 몸을 숙이고 나를 감싸안더니 내 입술을 찾는다. 그렇게 밥 딜런을 들으며, 눈물을 흘리며 나는 그녀에게, 그녀는 나에게 키스한다. 나의 첫 키스.

미치가 우리를 바라본다. 몸을 일으키더니 우리에게 다가와 내게 키스하고 자기 누나에게도 키스한다. 우리 셋은 절망 속에서 마치 고아처럼, 조난당한 사람들처럼 키스한다. 굶주린 강아지들이 이 세상 마지막 남은 우유 방울을 빨아 마시듯. 하모니카 소리가 울려 퍼진다. **헤이, 미스터 탬버린 맨, 나를 위해 노래 한 곡 연주해주오.** 우리는 저녁 어스름 속에 있다. 이 순간이 지나가고 있다. 세상에서 이보다 더 중요한 것은 없다.

우리가 세상이다.

우리가 거의 벌거벗고 있을 때 문 반대편에서는 디아나 선생님이 핸드백을 뒤적이며 열쇠를 찾다가, 벨을 누르더니 영어로 자기 아이들을 부른다.

디아나와 나는 방으로 뛰어간다. 미치는 욕실로 뛰어든다. 옷은 다 집어 들고 왔으나, 레코드판은 계속 돌고 있다. 디아나 선생님이 거친 동작으로 레코드판에서 바늘을 떼니 아파트엔 정적만이 남는다. 그녀가 방문을 열 때 우리는 공부하고 있는 척한다. 미치는 수건을 몸에 두르고 젖은 머리로 욕실을 나온다. 둘 다 레코드판을 틀지 않았다고 잡아뗀다. 아버지의 레코드판. 월남에 간 워드 중위의 레코드판.

영어로 고함치는 소리. 디아나 선생님은 얼굴이 시뻘게져서 금방 울음을 터뜨릴 것 같기도 하고 산산조각으로 폭발해버릴 것 같기도 하다. 내가 알아들을 수 없는 말들이 들렸지만 몇몇 단어들은 무슨 뜻인지 안다. **퍼킹, 퍽, 앨범, 파더** 같은 말들. 아이들은 아니에요, 아니에요, 하고, 디아나의 엄마가 디아나에게 다가온다. 손을 번쩍 들고 다가온다, 디아나를 때리려고. 나는 사랑 때문에 절망적으로 소리친다. 아니에요 선생님, 제가 그랬어요, 레코드판을 튼 건 저예요. 그러자 그녀는 어쩔 줄을 모르고 무슨 말을 해야 할지도 모른 채 그대로 멈춰 선다. 공중에 손을 높이 들고 있는 모습이 횃불만 없는 자유의 여신상 같다. 그녀는 자신이 나의 선생님이라는 것을 자각했고 선생님으로서 해서는 안 될 행동—사방이 벽으로 둘러싸인 집 안에서만 일어나는 일, 보는 눈이 없을 때 부모들이 아이들에게 하는 일—을 하고 있는 걸 내가 봤다는 것을 깨달

왔다.

말없이 방을 나간다.

디아나는 나를 바라본다. 나는 디아나를 바라본다. 그녀를 안아주고 싶고 그녀에게 키스하고 싶고 여기서 데리고 나가고 싶다.

디아나는 머리를 묶더니 이렇게 말한다.

"이제 진짜 철학 공부를 해야겠네."

우리는 공부하며, 아니 공부하는 척하며 밤을 지샌다. 철학을 하나도 모르는 디아나는 새벽녘에 잠이 들고, 나는 희미한 불빛 아래 잠든 그녀의 모습을 한참 동안 바라본다. 그녀는 그림 속 오필리아*를 닮았고, 또 히맨의 쌍둥이 여동생이자 슈퍼 히로인인 쉬라†를 닮기도 했다. 나는 이불을 들추고 그녀의 몸 전체를 바라본다. 내가 아주 작아져서 반쯤 벌어진 그녀의 입술 사이로 들어가 그녀 안에서 평생 살고 싶다는 욕망을 느낀다. 매니큐어가 벗겨진 발톱까지도 나를 감동시키

* 라파엘 전파를 대표하는 영국 화가 존 에버렛 밀레이의 「오필리아」 (1852). 손에 꽃을 들고 강물 위에 누워 죽음을 맞이하고 있는 젊고 아름다운 여인의 모습이 그려져 있다.
† 히맨He-Man과 쉬라She-Ra는 1980년대 미국의 TV 애니메이션 시리즈에 나오는 캐릭터들이다.

고 나의 마음을 어지럽히고 나를 굴복시킨다. 그녀의 털구멍 하나하나에 키스하고 싶다.

이제 나는 내가 아니다.

깜빡 잠이 든다. 검은 개 몇 마리가 디아나를 쫓고 그녀는 내게 도움을 청하지만 나는 아무것도 할 수 없는, 그런 꿈을 꾼다. 고함 소리, 남자의 고함 소리가 들린다. 눈을 떴는데도 계속해서 그 고함 소리가 들린다. 일어나고 싶은데 디아나가 나를 꼭 끌어안고 속삭인다. **잇츠 오케이. 잇츠 오케이.**

날이 밝아오고 아침을 맞는 소리가 들린다. 청소하는 소리, 달그락거리는 소리, 그리고 마지막으로 디아나의 엄마가 문 닫고 나가는 소리. 디아나가 자신의 몸을 보여주지 않고 옷을 갈아입는다. 그런데 내가 교복의 지퍼를 올리고 있을 때 그녀가 몸을 돌리더니 지퍼를 조금 내리고는 내 등에 손가락으로 무언가를 쓰고 다시 지퍼를 올린다. 그녀가 미소 짓는다. 이제 내 등에는 **아이 러브 유**가 새겨져 있다.

나는 디아나에게 화장실에 가야 한다고 말한다. 그녀는 학교 화장실을 쓰는 게 좋겠다고 대답한다. 불가능하다. 어젯밤 생리가 시작됐고 소변도 보고 싶고 무엇보다 속도 좋지 않다. 참을 수가 없다.

가야 돼.

이 아파트에는 화장실이 두 개 있다. 하나는 손님들이 쓸 수 있는 거실에 있는 화장실이고, 다른 하나는 부모님 침실에 있는 화장실인데 부모님 침실은 늘 문이 닫혀 있다. 미치가 거실 화장실을 쓰고 있는데 디아나가 말하길 개가 화장실을 쓰면 한참 걸린다고 한다. 나는 미치에게 빨리 나오라고 말하는 것이 너무 부끄러워 죽을 것만 같다. 원래 그런 말을 할 수 없을뿐더러 어제 일이 있고 난 지금은 더욱 그렇다. 아직도 미치의 입술이 루저 같은 나의 목덜미에, 루저 같은 나의 배에 닿았던 감촉이 남아 있다. 노크를 하려면 굳어버린 손부터 꺼내야 하는데.

그렇다고 더 기다릴 수도 없다. 오한이 느껴지고 식은땀이 나고 닭살이 돋고 다리가 휘청거린다.

가야 돼.

그러나 디아나가 고집한다. 학교에서 가자고, 학교에서 가자고, 부모님 방에 들어갈 수는 없다고, 거긴 자기도 못 들어간다고. 하지만 나는 이제 더 이상 참을 수가 없다는 것을 안다. 학교 가는 길에 나는 똥을 싸게 될 것이고 교복은 흰색이고 나는 죽어버릴 것이다.

정말 급해. 더 이상은 안 돼. 진짜 속이 안 좋아.

나 진짜 가야 돼.

디아나가 나를 집 밖으로 끌어낸다. 학교 가자, 학교
에 화장실이 있어, 1분이면 도착할 거야. 내 이마는 땀
으로 번들거린다. 이제 한계다. 쌀 것 같다. 나는 디아
나에게 책을 한 권 두고 나왔다고 말하고 다시 집으로
들어간다. 다리에 힘을 꽉 준다. 신이시여, 도와주소서.
내가 생각할 수 있는 유일한 것은 나는 화장실에 갈 거
라는 것, 옷을 입은 채로 똥을 쌀 수는 없다는 것, 디아
나에게도 미치에게도 나의 똥 묻은 모습을 보일 수는
없다는 것, 그러니 화장실에 갈 거고 죽지 않겠다는 것
뿐이었다. 가서 똥을 싸고 나는 다시 사랑하고 사랑받
을 것이다.

나는 디아나 부모님 침실 문을 연다. 방 안은 마치
농도 짙은 액체, 무슨 방부액 같은 것이 담긴 수족관
같았다. 공기 중에는 실밥 같은 먼지가 떠다니고 이상
한 냄새가 코를 찌른다. 시큼하면서 달큰한 썩은 내,
최루가스, 천 개쯤 되는 담배꽁초, 오줌, 레몬, 표백제,
생고기, 우유, 과산화수소수, 피 냄새. 빈방에서 날 수

있는 냄새도 아니고 부모님 침실에서 보통 나는 냄새
는 더더욱 아니다.

나는 속옷에 다 싸버리기 일보 직전이었고, 그것이
내가 방 안으로, 이제 냄새가 마치 살아서 펄떡거리며
내 뺨을 갈기는 것만 같은 그 방 안으로 한 걸음 더 들
어갈 이유와 용기를 주었다. 한 걸음 더 내딛는다. 또
한 걸음 더. 이제 구역질이 난다. 냄새는 이제 도로 기
에 버려진 동물의 사체에서 나는 것 같고 나는 그 동물
속에, 그 동물의 내장 속에 들어와 있는 것 같다.

현기증이 난다. 나는 무언가를 꼭 붙잡았는데 그 무
언가는 탁자였고 그래서 탁자 위에 있던 스탠드 조명
이 바닥으로 떨어져 산산이 깨진다. 그러자 침대에서
무언가가, 어떤 커다란 덩어리 같은 것이 튀어 올라
마치 파도처럼 굉장한 속도와 힘으로 날아와 나를 바
닥에 쓰러뜨린다. 앞이 잘 보이지 않는다. 방 안의 빛
이 너무 약하고 희미하다. 내 몸 위에 있는 것이 뭔지
모르겠다. 내 위로 형체를 알 수 없는 어떤 무서운 것
이 있다. 그것은 내 가슴 위에 있어서 나는 꼼짝할 수
가 없다. 소리를 지르려고 했지만 소리가 나오지를 않
는다.

그것은 머리가 달린 괴물이다. 잔뜩 성이 난 누런 이빨. 그의 얼굴이 내 얼굴 가까이 붙어 있다. 썩은 고기에서 나는 악취가 풍긴다. 알아들을 수 없는 말을 마구 내뱉고 짐승 소리를 내고 으르렁거리고 쌕쌕거리는 소리를 내고 내 얼굴에 침을 흘린다. 손으로 내 목을 한대 치더니 목을 조르는데 그 붉게 충혈된 눈을 보니 나를 죽일 것 같고 나를 증오하는 것 같고, 그러니 나는 죽을 것이다. 나는 죽을 거야.

신이시여.

제발, 나는 속으로 말한다, 제발.

그때 디아나가 문을 연다. 쉬라 같은 디아나, 히맨의 여동생, 나의 구원자 디아나가 문을 열고 내가 알아들을 수 없는 말로 뭐라고 외치니 내 목을 조르고 있던 그 야수가 그녀 쪽으로 고개를 들고, 나를 놓아준다.

나는 비명을 지르기 시작한다. 토하고, 오줌을 싸고, 거기서 장을 다 비워낸다. 카펫 위에서.

빛이 문을 통해 들어와 이제는 내 몸 위에 있던 그것, 나를 죽이려고 했던 그것이 뭔지 보인다. 바닥에 널브러진 그것은 마치 신음하고 있는 베개 같다.

"아빠?"

디아나가 그것을 향해 다가간다. 내 쪽은 쳐다보지도 않는다. 그것을 두 팔로 일으키자 잘린 팔다리 밑동—두 다리는 허벅지 위쪽 높이에서 잘려 있고 왼쪽 팔은 팔꿈치 부분에서 잘려 있다—을 마구 버둥거리는 모습이 보인다. 디아나는 그 난폭한 아이—사실은 머리카락이 없고 두 눈은 툭 튀어나와 있고 삐쩍 마른 밀랍 인형 같은 남자—를 침대로 데리고 간다. 그의 오른쪽 팔은 핏줄이 다 드러나 있는 데다가 온통 딱지가 진 상처와 벌겋게 부어오른 고름집투성이다. 그녀는 그를 품에 안아 달래고 이마에 입을 맞춘다. 그가 울고 둘은 서로 **아임 쏘리, 아임 쏘리**, 이 말만 되뇐다.

나는 간신히 일어난다. 미치는 문간에 서서 나를 증오에 찬 눈빛으로 바라보고 있다. 나는 거실로 나가 집 전화번호를 누른다. 아빠가 전화를 받는다. 나는 그냥 전화기를 내려놓는다.

나는 할머니 집까지 걸어간다. 거기서 나는 거짓말을 한다. 아프다고, 아파서 화장실에 가고 싶은 것을 참지 못했다고, 그래서 학교에서 옷에 똥을 쌌다고. 맞아요, 그렇게 된 거예요. 나는 샤워를 하면서 가슴이 찢어지도록 운다.

철학 시험은 고등학교 졸업 전 마지막 시험이었다. 엄마는 내가 아프다고 학교에 얘기해주었고, 그래서 나는 다른 날 시험을 본다. 최고 점수를 받는다. 디아나는 우리랑 함께 졸업하지 않을 거라는 이야기를, 시험을 보러 오지 않았다는 이야기를 듣는다. 미국으로 돌아갈 거라고들 한다.

나는 그녀에게 전화를 건다. 전화를 받지 않는다.

전화기 옆에서 기다린다. 전화는 오지 않는다.

다시는.

얼마 전까지도 그녀의 소식을 들은 적이 없다. 페이스북 페이지를 열었더니 옛날 학교 친구로부터 이런 메시지가 와 있었다.

"안녕, 이런 소식 전하게 되어 유감이지만, 디아나 워드가 아프가니스탄 침공 때 죽은 거 알고 있어? 디아나랑 그녀의 아내가 미군이었대. 너랑 디아나랑 많이 친했던 게 생각나서 메시지 남겨. 참 안됐어, 그렇지 않니?"

새끼들

바네사와 비올레타, 평생 내 이웃이었던 쌍둥이 자매들은 이제 외국에 산다. 나처럼 15년 전쯤 이민을 갔고, 그때부터 지금까지 고국 땅을 한 번도 밟지 않았다. 먼저 엄마를 데리고 떠났고 후에 큰오빠와 올케언니와 조카들이 따라갔다. 쌍둥이가 살던 이 동네의 집에는 이제 둘째 오빠, 그 이상한 오빠만 남았다.

고향에 돌아가는 일이란, 모두가 알고 있듯이 감당하기 어려운 일이다. 포옹을 하고 눈물을 훔치고 나면 진정한 재회의 순간, 우리는 사실상 이미 달라진 사람들인데 예전처럼 서로를 마주하는 순간, 상대방이 누구인지 모르면서 상대방을 마주하는 순간이 찾아온다. 아니면 아무도 제대로 마주하지 않는 순간. 아이고 예뻐라, 진짜 맛있네, 얼마나 보고 싶었는데. 가식의 말들이 오간다. 그리고 그들은 우리가 없는 곳에서 우리를 찾고, 우리는 그들이 없는 곳에서 그들을 찾는다. 여기에서 비극이 시작된다.

집에서 함께 며칠을 보내고 국산 비타민을 먹으며 서커스단의 사자처럼 유순함을 가장하고 부모 자식 간의 끈적한 시선에 푹 젖고 나면 더 이상은 견딜 수 없는 날이 찾아온다. 고향에 돌아왔다는 것을 보여주기 위해 노력하는 것은 극심한 피로를 유발한다. 거의 죽을 맛이다.

나는 이웃집, 그 이상한 오빠의 집 문을 두드린다. 왜냐하면, 우리 집과 불과 열 발짝 떨어진 곳으로 오면서 나는 혼잣말로 쌍둥이 자매들 소식이 궁금하다고 되뇌었지만, 사실 그의 소식이 궁금했기 때문이다. 해외로 이민 간 가족의 잊힌 아들. 그 남자. 내 어린 시절의 그 소년.

그가 가운 차림으로 문을 연다. 쪄 죽을 이곳 날씨에 플란넬 소재의 가운이라니. 어쨌거나 그는 무릎까지 오는 체크무늬 플란넬 가운 차림이다. 수영장에서나 신는 파란색 슬리퍼를 신고 있다. 바지는 입고 있지 않지만 안경은 쓰고 있고, 흰색으로 칠한 철제 현관문 안쪽에서 문밖에 서 있는 나를 건너다보면서 콧잔등 위에 걸쳐 있는 안경 가운데 부분을 손으로 톡 쳐올린다. 얼굴이 창백한 것이 햇빛이 없는 세상에 사는 것 같았고 탄광의 카나리아*처럼 건강의 위험 신호같이 보이기도 했는데, 사실 그는 그냥 집 밖에 전혀 나가지 않는 것일 뿐이다. 머리카락은 다 빠졌고 살도 20킬로그램 정도 쪘으며 몸에서는 버려진 노인의 냄새가 난다. 물론 그는 나를 알아본다. 당연하게도 내 이름을 말하고 너무도 당연히 내게 들어오라고 말하고, 예전부터 있었던 그 빨간 소파, 지금은 색이 바래고 집에 고양이라도 사는 것처럼—사실은 고양이가 살고 있지 않지만—털이 잔뜩 떨어져 있는 소파에 앉으라고 한다. 그는 내가 누구인지 안다. 하지만 더욱 중요한 건, 그가 누구인지 내가 안다는 것이다. 서로 얼굴을 마주하면서 우리는 결코 길을 벗어난 적이 없다고 느낀다. 나는 떠난 적이 없고 그는 남겨진 적이 없다.

* 예전에 광부들이 탄광에 들어갈 때 갱도 안의 유독가스가 얼마나 심한지 알기 위해 새장 안에 카나리아를 넣어 데리고 들어갔던 데서 유래한 표현. 새가 죽으면 위험하다는 신호이므로 광부들은 즉시 그곳에서 빠져나와야 했다. 건강의 위험, 또는 사회에 다가올 큰 위험에 대한 경고의 의미로 쓰인다.

나는 바보 같은 질문을 세 개쯤 하고 그는 시선을 피하면서 예의 그 더듬거리는 말투로 대답한다. 형제들은 어떻게 지내요, 어머니는요, 왜 한 번도 이곳에 안 온 거래요. 그리고 나는 붉은 카펫, 때에 전 가짜 페르시아산 카펫 위에 무릎을 꿇고 그가 입고 있는 가운을 열어젖히고 그의 맨몸이 드러나자 그의 것을 빤다. 그는 놀라지 않는다. 나는 놀란디, 왜냐하면 냄새는 억겨운데 음모는 면도한 상태이고 성기는 죽어 있어서. 나는 계속, 계속, 계속 빨고 그것은 단단해지고 나는 계속해서 빨고 그는 내 입에 사정하고 나는 디종 머스터드 맛과 소독약 맛이 나는 그것을 삼킨다. 내 무릎 옆으로 거대한 바퀴벌레가 지나가고 그는 그 가짜 페르시아산 카펫 위의 바퀴벌레를 밟아 뭉갠다. 그제야 나는 카펫 위가 죽은 바퀴벌레 천지라는 것을 깨닫는다. 몸이 뒤집어진 채 뻣뻣한 다리를 위로 한 사체들. 사실 내 무릎 아래에도 오래전에 죽은 것, 껍질만 남은 바퀴벌레 화석 같은 것이 있다는 걸 깨닫는다. 그는 가운의 주머니에서 때에 전 손수건을 꺼내 내 입가를 닦는다. 우리는 아무 말도 하지 않는다.

　　그가 부엌에 있는 동안 나는 주변을 둘러본다. 거실

겸 식당은 물건들로 가득하다. 쓰레기를 담은 검은색 비닐봉지, 빈 병, 종이 상자, 봉제 인형들로 가득 차 이건 도저히 집이라 부를 수가 없다. 바퀴벌레들이 벽 위를 오르락내리락하고 있고 한 마리는 겁도 없이 내 발 쪽으로 다가온다. 나는 바퀴벌레가 무섭지만 꼼짝할 수가 없었는데 그때 갑자기 극심한 피로가 몰려온다. 모험으로 가득 찬 긴 항해를 마친 여행자가 땅에 발을 디딜 때처럼 나는 아무런 조치도 취하지 못한 채 머리카락과 죽은 피부와 벌레 사체와 먼지들로 가득한 이 카펫 위에 쓰러져 잠들 것만 같다.

그가 김빠진 코카콜라를 기름 자국투성이에 달걀 비린내가 나는 유리컵에 담아 가져온다. 그는 내가 다 마시길 기다렸다가 내 손을 잡고 나를 일으킨다.

"걔들 보고 싶어?"

내가 일란성 쌍둥이인 바네사와 비올레타를 알게 된 것은 길모퉁이에 있는 공원에서였다. 나와 동갑이고 오빠가 둘이고 우리 집 바로 옆 빨간색 집에 산다고 말했을 때 나는 참 별난 우연이라고 생각했다. 걔들 가족은 우리 가족이랑 모든 게 똑같았지만 걔들은 둘이고 혼자가 아니었다. 나는 나뿐이었고 그래서 심심했다.

나는 쌍둥이라는 것이 너무 신기해서 쉴 틈도 없이 질문을 해댔고 그 애들은 서로 똑같은 얼굴을 하고서 마치 한 여자아이가 거울을 보고 말하는 것처럼 함께 대답했다. 하루는 한 명이 아픔을 느끼면 다른 한 명도 똑같이 느낀다고 말하기에 내가 바네사를 꼬집었더니 비올레타가 소리를 질렀다. 나는 실제 마술 쇼를 보고 있는 것처럼 환호하며 박수를 보냈고 그들을 사랑하기로 마음먹었다. 나의 경이로운 친구들, 나는 그들을 구경거리로 좋아했다. 특히 그것, 한 명을 다치게 해서 다른 한 명도 아픔을 느끼게 하는 것을 나는 많이도 반복했다. 배를 때리고 머리카락을 잡아당기고 손을 밟고 다리에 촛농을 떨어뜨리고, 손톱 사이에 압정을 끼워 넣기까지 했다. 항상 둘은 동시에 아픔을 느꼈고 울기도 했지만 내가 그러도록 내버려두었다. 세상에서 가장 순진한 소녀들이었다. 정말 가장 순진한.

그 애들을 알게 되고 한 달쯤 되었을 때 나는 열두번째 생일을 맞았고, 아무하고도 상의하지 않고 그 애들을 우리 집에 초대했다. 둘은 똑같은 원피스, 가슴 부분에 레이스 장식을 덧댄 스코틀랜드 체크무늬 원피스를 입고 각각 한 손에 커다란 선물 상자를 들고서 우리 집에 왔다. 엄마는 그 애들을 아주 마음에 들어 했다. 우아하다며, 또 여전히 소녀 같다며, 가정 교육도 잘 받은 것 같다며, 그리고 내게 속눈썹이 기다랗고 파란 눈을 감았다 떴다 할 수 있는 인형을 선물했다며. 그런데 나는 그 인형이 너무 무서웠다. 엄마는 할 수 있는 모든 걸 다 해보았다. 심지어 성수로 인형의 세례식까지 해보았지만 소용없었고 내가 디나 — 인형이 담겨 있던 상자에 써 있어서 그렇게 불렀다 — 의 악몽, 디나가 그 자그마한 손으로 내 목을 조르다가 갑자기 인형 손에서 붉은색의 커다란 짐승 발톱이 자라나는 악몽에 시달리자 결국 인형을 안 보이는 곳에 숨겨놓아야 했다. 오빠들은 그 인형을 디아블리나*라고 불렀고 가끔은 밤에 그 인형을 내 방으로 가져와 침대 위에 앉혀놓았고 디아블리나는 움직이지 않는 그 오싹한 눈동자로 나를 바라보았다. 그리고 오빠들은 인형이 말하는 것처럼 목소리를 내면서 내게 섬뜩한 말들을 늘어놓았다. 나를 지옥에 데려갈 거다, 왜냐하면 자기처럼 나도 악하니까. 오빠들은 몇 달 동안이나 디아블리나

---

* 여자 악마를 뜻하는 '디아블라'와 인형의 이름인 '디나'를 합쳐 만든 이름.

를 가지고 나를 고문하곤 했고 결국엔 아빠가 오빠들의 등짝을 후려갈겼다. 오빠들이 팔로 막지 않았다면 아마 머리통을 갈겼을 것이다.

"여동생 좀 그만 괴롭혀, 걔 더 미치게 하지 말고."

바네사와 비올레타는 그런 인형을 방 안에 한가득 가지고 있었다. 그건 정말 공포스러웠다. 나는 그 방에 절대로 혼자 있을 수 없었다. 그 둘이 방에 없을 때—예를 들자면 화장실을 동시에 가거나 동시에 목이 마르거나 하니까—나는 복도에 나가 있곤 했는데 그런 어느 오후에 누군가 복도에 있는 방문 하나를 열고 나왔고 그렇게 나는 둘째 오빠, 그 이상한 오빠를 알게 되었다. 그는 뭐 하나 좀 보여줄까, 하고 내게 물었고 나는 네,라고 대답했다. 왜냐하면 나는 평생 뭔가 보는 것을 좋아했고 남자들에게는 항상 네,라고 말했으니까. 그는 나를 발코니로 데리고 갔는데 거기엔 우리 속 햄스터 두 마리가 쪼그만 코를 벌름벌름하면서 자그마한 입을 오물거리고 있었다. 멍하니 허공만 바라보면서. 그는 암컷이 막 새끼를 낳고는 제 새끼들을 먹어버렸다고 말했다. 나는 그의 말을 믿지 못했다. 그가 손을 우리 안에 넣어 반만 남은 조그마한 새끼 햄

74

스터, 아주 작고 불그스름한 덩어리, 작은 발과 꼬리에 아직 피가 조금 묻어 있는 그것을 꺼내고는, 또다시 손을 넣어 학교에서 여자아이들이 내 목덜미에 던지곤 하는 콩알만 하게 뭉친 종이와 꼭 같은 크기의 새끼 햄스터 머리통을 꺼내 내게 보여주기 전까지는. 털이 복슬복슬하고 볼이 빵빵한 어미 햄스터는 만화 캐릭터처럼 콧수염이 나 있었고 작고 검은 눈동자는 정면을 바라보고 있었다. 그런 모습을 하고 자기 아기를 먹는다니 상상하기 힘들었지만, 맞은편에는 아기 햄스터의 조각을 손바닥 위에 올려놓고 증거를 보여주고 있는, 오른쪽 손바닥 위에는 다리와 꼬리, 왼쪽 손바닥 위에는 조그마한 머리통을 올려놓고 자기는 처음부터 끝까지, 분만의 순간부터 카니발리즘의 현장까지 다 지켜보았다며 내게 이야기하는 그가 있었다. 햄스터는 매우 예민해서 자식들을 저 집, 지금 자기가 있는 집에서 키우기가 싫은 거라고 그가 말하더니 그 살덩어리들을 발코니 밖으로 던지고는 주머니에서 꺼낸 손수건으로 손을 닦았고, 그러고 나서는 바지의 지퍼를 내리고 내 머리를 누르며 나보고 무릎을 꿇고 입을 벌리라고 했고 그러더니 그의 다리 사이에 있는 불그스름한 또 다른 살덩어리를 내 입에 넣었다. 이를 사용하지 말라고 명령하기에 나는 그가 말하는 대로 했다. 그 일은 햄스터들 앞에서 벌어졌는데, 누가 알겠는가, 이웃들도 보고 있었는지. 이건 사랑이야, 라고 그가 설명했고 나는 네, 라고 말했다. 남자들에게는 항상 네, 라고 말했으니까.

나는 열두 살, ㄱ는 열세 살이었다. 둘 중 누구든 사랑이 뭔지 알았겠는가.

나는 복도에서 바네사와 비올레타를 기다렸다가 햄스터 이야기를 했는데 그 애들은 놀라지도 진저리를 치지도 않고 햄스터가 그러는 게 처음이 아니라고, 맨날 제 새끼들을 먹는다고, 그런데 부모님은 괜찮다고, 갓 태어난 새끼들은 너무 약해서 어차피 살아남지 못할 테고 설치류들은 원래 세상이 새끼들을 잡아먹을 것 같다고 느끼면 자기가 제 새끼들을 잡아먹는다고 얘기하더라고 내게 말해주었다. 그 애들이 그런 얘기들을 너무 자연스럽게 받아들이는 바람에 나는 너희 오빠가 이건 사랑이라며 자기 살덩어리를 내 입에 넣었다는 말까지 할 뻔했다. 하지만 하지 않았다. 나는 집으로 돌아가 치킨 너겟과 퓌레를 먹었다. 아빠는 언제나처럼 엄마에게 음식을 자기 방으로 올려달라고 했다. 가끔은 아빠도 우리랑 함께 저녁을 먹을 때가 있었는데 그럴 때면 식당은 다른 차원의 세상으로 변했다. 우리는 고개를 푹 숙인 채 침묵 속에서 미친 사람들처럼 음식을 제대로 씹지도 않고 삼켰고 엄마는 밥을 태우고 수프를 흘리고 뜬금없이 웃음을 터뜨리곤 해서, 우리 집이 아니라 꼭 정신병원에 있는 것 같았다. 어쨌거나 그날 밤 나는 햄스터 이야기를 했고 다른 사건은 이야기하지 않았는데, 오빠들은 역겹다고, 밥 먹을 때 그런 더러운 얘기 하지 말라고 내 팔을 주먹으로 때렸다. 엄마는 부엌에 있었다. 너겟 더 먹을래, 퓌레도 더 먹겠니, 하기에 오빠들은 네,라고 대답했고 나도 그렇게 대답했다. 나는 눈물과 함께 음식을 삼켜야 했는데, 왜냐하면 우리 집에서는 목이 막혀 죽을 것 같아도 밥은 먹어야 했고 아무도 구해주지 않아도 밥은 먹어야 했으며 멍이 들어도, 혹이 나도, 아니 죽더라도 밥은 먹어야 했기 때문이다. 어쨌거나 엄마는 아무것도 하지 않을 것이다.

내 방에서는 바네사와 비올레타네 집에서 나는 소리를 들을 수 있었다. 가끔 그 애들은 내 이름을 외쳐 부

르곤 했고 그러면 나는 엄마에게 옆집에 다녀오겠다
고 말하곤 했다. 반대의 경우는 한 번도 없었다. 아빠
는 우리 집에 누가 오는 것을 싫어했으니까. 바네사와
비올레타의 아빠 이름은 토마스였고 사람들은 토마스
씨라고 불렀는데, 좀 무서웠다. 키가 아주 크고 얼굴이
아주 붉은 아저씨였는데 검은 뿔테 안경을 쓰고 밝은
색 양복을 입고 다녔으나 집에 있는 일은 거의 없었다.
그가 집에 오면 우리는 거의 속삭이듯 목소리를 낮춰
야 했고 집 안의 공기에는 마치 폭우가 쏟아지는 날에
그런 것처럼 찌릿하고 메케한 기운이 감돌았으며, 그
럴 때 우리의 놀이는 병적으로 변했다. 여러 가지 끔찍
한 방법으로 인형들을 마구 죽이고 우리 스스로도 죽
는 시늉을 하거나, 다시 사나워져서는 장난감을 상자
에 마구잡이로 던져 넣었다. 그런 정적 속에서 햄스터
가 영원히 탈출할 수 없는 곳을 향해 절망적으로 쳇바
퀴를 돌리는 끼익끼익하는 소리만이 선명하게 들렸다.
   그럴 때 나는 천천히 일어나 유령처럼 조용히 계단
을 내려간 뒤 숨이 턱 막힌 채 문을 연다. 공기가 더 나
을 것은 없지만 그래도 내 것인 공기가 있는 우리 집
에 가려는 것이다. 아무리 무서워도 우리는 결국 자신

을 감싸는 공기로 숨을 쉰다. 자신의 허파가 이유도 모르면서 열렬히 원하는 그 공기. 가엾어라, 멍청한 허파여. 내 육신의 살덩어리. 내 공기의 공기. 내 부모의 딸.

내 쌍둥이 친구의 엄마는 걔들 아빠와는 달리 키가 작았고, 그게 다였다. 아무리 생각해봐도 특별히 기억나는 다른 특징이 없다. 그냥 원피스를 입고 걸어다니는 얼룩 같았다. 이름이 마르가리타였던가 로사였던가, 그런 우아한 느낌이 살짝 있는, 꽃 이름 같은 이름.*

둘째 오빠, 그 이상한 오빠를 나는, 발코니에서의 만남 이후 한동안 보지 못했다. 내가 자기 집에 와 있다는 걸 그가 알고 있었다는 건 나도 안다. 내가 복도를 걷고 있으면 조금 열린 문틈으로 내 모습을 쫓는 검은 눈동자를 느낄 수 있었으니까. 가끔 그의 방 옆을 지날 때 나는 내 아랫배에서 어떤 야수 같은 열기가 느껴져 어지러웠는데 그 느낌은 분명 내가 아플 때 느끼는 어지러움과는 달랐다. 햄스터가 계속해서 새끼를 낳고 또 제 새끼를 먹어치우고 있다는 얘기를 들었을 때 나는 좀 흥분했다. 그 일, 그러니까 설치류가 벌이는 그

---

* 마르가리타와 로사는 스페인어권에서 흔히 쓰이는 여자 이름이기도 하지만 동시에 마르가리타는 데이지꽃, 로사는 장미꽃이란 뜻이다.

카니발리즘은 밤에 일어났기 때문에 나는 쌍둥이들에게 사진을 찍어달라고 했지만, 나도 아빠의 카메라를 가지고 올 생각이 없었고 그 애들도 자기 아빠의 카메라에 손댈 생각을 하지 않았다. 우리 손을 불태워버릴 거야. 그래서 그 장면을 보고 싶다는 나의 욕망은 해소되지 않았다.

1년쯤 지나자 나는 슬슬 바네사와 비올레타가 지겨워졌다. 이제는 그 애들을 바네타 혹은 비오네사라고 부르기 시작했지만 그 애들은 딱히 화를 내지도 않았고, 맥없이 웃음 짓거나 아니면 얼굴도 찡그리지 않고 고작 눈물이나 몇 방울 흘릴 뿐이었다. 하나를 때리면 다른 하나도 아픔을 느끼는 경이로웠던 일도 더 이상 재미있지 않았지만 나는 그 일을 계속하기는 했다. 그 집에 계속 갔던 건 다른 이유가 아니라 단지 그의 방 옆 복도를 걷기 위해서였다. 그가 안에 있다는 걸, 그의 이상한 물건들—책, 곤충, 어항, 만화책 같은 것들—과 함께 그가 스스로 안에 갇혀 있다는 걸 나는 알고 있었다. 내가 카펫 위에 앉아서 그의 여동생들과 놀고 있었던 것은 그를 가까이 느끼기 위해서, 그의 헛기침 소리라도 듣기 위해서였을 뿐이다. 아침에 등교

할 때면 종종 동시에 집을 나설 때가 있었지만 우리는 서로를 쳐다보지 않았다. 하지만 나는 내 얼굴이 달아오르는 것을, 심장이 타악기 마트라카*처럼 요란하게 뛰는 것을 느꼈다. 모든 사람들이 그런 내 상태를 다 알아채고 말 거라 생각했으나 사실 그 시간에는 아무도 나를 보고 있지 않았다. 아니 그 어떤 시간에도. 나의 오빠들이 밤에 그 악마같이 생긴 인형을 가지고 나를 놀래키려고 할 때 나를 쳐다보는 것도 포함한다면, 그래, 그때만큼은 누군가 나를 보고 있기는 했다.

어느 날 오후 여느 때처럼 그의 집에 갔을 때 그가 불현듯 나타나 내 손을 잡더니 말 한마디 없이 재빠른 동작으로 자기 방으로 데리고 들어갔다. 그곳, 씻지 않은 겨드랑이에서 나는 건지 신던 양말에서 나는 건지 고린내가 진동하는 어둑한 방 안에서 그는 나를 바라보았고, 콧잔등 위에 걸쳐 있는 안경을 고쳐 쓰더니 내게 키스했다. 키스를 많이 했다. 서서도 하고 나를 눕

---

* 손잡이를 잡고 돌리면 따다다닥 하고 요란한 소리를 내는 나무로 만든 악기. 중세 수도원에서 군중을 조용히 시키는 데 쓰이기도 했고 라틴아메리카의 축구 경기장에서는 응원 도구로 쉽게 볼 수 있으며, 어린이들의 장난감으로도 쓰인다.

새끼들

혀놓고도 하고. 나는 그렇게 서서, 그리고 누워서 그가 그렇게 계속 키스하도록 두었다. 이제는 그가 이건 사랑이라고 말하지 않아도 되었다. 이미 내가 알고 있었으니까.

확실히 나는 알고 있었다.

그의 아빠가 가족들을 버리고 떠났을 때 나의 아빠는 내가 이전처럼 자주 그 집에 놀러 가는 것을 안 좋게 보았다. 왜냐하면 그 집은 머리 없는 집이니까. 꼭 그렇게 말했다. 어쩌면 가장이 없는 집이라고 말했을 수도 있는데 나는 머리 없는 집이라는 말만 생각이 난다. 머리가 없는 닭처럼, 미쳐 날뛰는. 그 집에 못 가게 된 것이 상처로 남진 않았다. 나는 더 이상 쌍둥이들을 좋아하지 않았으니까. 내 삶에서 중요한 것은 이제 책이었다. 책을 읽으면서 나는 세상에는 아무것도 필요하지 않고 아무도 필요하지 않다는 달콤한 기분을 알게 되었다. 이제 나는 더 이상 이상한 소녀가 아니었고 책 읽기를 좋아하는 소녀가 되었다. 가끔은 벽 너머에서, 거울 너머에서 그 무서운 도자기 인형들에게 둘러싸인 채 발달장애아처럼 손뼉치기 놀이를 하고 있을 쌍둥이들을 상상하곤 했다. 자연은 자기의 실수를 배가 되도록 복제한 것이다. 나는 그것이 안쓰럽다거나 하지는 않았다.

나는 그를, 그 이상한 오빠를 다 같이 학교 가는 길에 보곤 했는데 그럴 때 우리 엄마는 좀 서두르면서, 좀 어쩔 줄 몰라 하면서 마르가리타거나 로사인 그의 엄마에게 인사를 건넸고 조만간 만나서 커피나 한잔 마시자고 했다. 물론 그런 일은 일어나지 않았다. 아마 내가 열다섯 살이 되던 해 같은데, 어느 날부터 그는 학교에 나오지 않았다. 그는 졸업했고, 다시는 아무도 그에 대해 묻지 않았다. 나는 그에 대해 알고 싶어 죽을 것 같았으나, 그의 이름을 입에 올리고 내 가슴 깊은 곳에서 끌어올린 그의 이름의 마지막 음절을 발음하게 되면 나는 아스팔트 위에서 녹아 없어져버릴 거라는 생각이 들었다. 나의 오빠들 역시 졸업했고, 그렇게 꼬마였던 사람들은 이제 그냥 사람이 되었다. 상처는 그대로였지만.

나도 역시 졸업했고 대학에 진학했고 또 학업을 마쳤고 나는 계속해서 남자들에게는 네,라고 말했고 이집 저 집에서 벽에 던져져 깨진 값싼 유리컵처럼 나도 그렇게 깨지곤 했다. 다르게 말하자면, 성장했다. 후에 나는 고국을 떠났고, 나를 사랑해주기를 그토록 바랐던—사랑의 가장 나쁜 형태—남자, 내 아버지가 돌아가셨다. 그가 어떤 사람인지 나는 끝까지 모른 채로. 나는 햄스터처럼 바보같이 쳇바퀴만 천 번이나 돌리다가 어느 날 고향으로 돌아왔고 우리 집에서 열 발짝 떨어진 그의 집으로 걸어왔다.

"걔들 보고 싶어?"

나는 네,라고 말한다. 남자들에게는 네,라고 말하니까. 나는 자리에서 일어나 그를 따라 계단을, 수백 년을 오르지 않은 것 같은, 천 번의 삶 동안 오르지 않은 것 같은, 아니 결코 오른 적이 없었던 것 같은 그 계단을 오른다. 악취가 마치 그곳의 점거자인 듯 위쪽 구역을 지배하고 있고 걸음걸음마다 장애물이 있다. 나는 이 옛 같은 것들이 전부 뭔지는 모르지만 내가 넘어지면 다시는 일어나지 못할 거라는 걸, 이 폭신한 쓰레기 더미 속에 가라앉아 영영 그곳에 머물고 말 거라는 걸 안다. 마치 호박琥珀에 갇힌 곤충처럼, 토끼 굴에 빠져 끝도 없이 떨어지고 또 떨어지는 앨리스처럼. 『이상한 나라의 앨리스』의 이상한 나라가 바로 이곳 남쪽 나라에 있는, 부서진 것들로 가득한 이 집이다. 흰토끼는 모두에게서 버려진 그 이상한 오빠고. 그의 손이 내 손을 잡는다. 그리고 언제나 그의 방이었던 그곳으로 나를 데려간다.

마치 시간이 흐르지 않은 것처럼 그곳에서는 햄스터 두 마리가 쳇바퀴를 굴리고 있다. 그가 불을 켜자 현기증 나는 빛이 비친다. 알전구 불빛에 벽마다 사진이 붙어 있는 게 보인다. 형태를 알아볼 수 없을 만큼 크게 확대된 사진들. 하나씩 하나씩, 열성을 기울여 제 새끼를 먹어치우는, 거대하게 확대된 햄스터들. 외계인처럼 생긴 얼굴을 가진 조막만 하고 불그스레한 살덩이들—자기 자식들—에 박혀 있는 설치류의 작고 귀여운 이빨. 내가 항상 보고 싶었던 사진들이 지금 내 눈앞에 있고 내가 상상했던 것보다 훨씬 더 아름다웠다. 자기가 낳은 존재들을 먹는 존재. 제 어린 자식들을 먹고 사는 엄마. 실수를 바로잡는 자연의 모습. 우리는 서로를 바라본다. 내가 미소 짓는다. 그도 미소 짓는다.

내 아랫배에서 느껴지는 이 간지럼 때문에, 이 어지러움 때문에, 내 치마 속으로 미끄러져 들어와 나를 찌릿하게 만드는 그의 손 때문에 나는 이해하게 된다. 가끔은, 단지 가끔은, 돌아갈 수 있는 고향이 있다는 것을.

블라인드

꼭 해야만 하는 일은 낮에는 블라인드를 내리고 창
문과 덧문을 모두 닫는 것, 그리고 밤에는 다 열어놓는
것이다. 이 집에서는 그 일을 매일같이, 매 여름마다
쭉 해왔다. 이 집에 창문과 블라인드가 생긴 이래, 나
의 증조부모가 이 집을 지은 이래로.

열고 닫는 일을 맡는 사람, 집 안의 기후 — 이렇게
부르도록 하자 — 를 책임지는 사람은 언제나 가족 중
에서 소년의 티를 막 벗고 있는 남자아이였다. 누가 가
장 먼저였을까? 나나 사촌들의 신체적 특징을 언급할
때나 한 번씩 등장하는 친척 어른 또는 조상들 중 누
군가였을 것이다. 어느 날 전쟁에 나갔거나 미국으로
이민을 가서 돌아오지 않은, 아니면 어릴 때 죽은 친
척들, 어쨌거나 홀리오에게는 코를, 마리아 테레사에

게는 안짱다리를, 나에게는 말더듬증을 물려준 친척들. 아무도 아닌 사람들. 이 가족을 스쳐 지나간 그 친척들은 할아버지가 살아 계실 때 있었던 하인들이 그랬던 것처럼 말없이, 고개를 숙이고, 누구에게도 걸리적거리지 않은 채, 그렇게 스쳐 지나갔다. 그들을 입에 올릴 때는 단지 증조할머니나 엘사 아주머니, 할머니나 큰할머니 토야에게 얼마나 많은 자식들이 있었는지 그리고 그중 몇이나 죽었는지를 이야기할 때뿐이었다. 내 생각에 아마 옛날에는, 라이카가 낳은 일곱 마리의 강아지 중 세 마리가 죽었던 것처럼 아이들이 곧잘 죽곤 했던 것 같다. 그 죽은 강아지들은 쓰레기통에 버려졌다.

"엄마, 나 죽으면 어떻게 할 거야?"

"나도 죽을 거야, 펠리페, 나도 죽을 거다. 너는 내 인생에서 가장 소중한 남자야, 결코 나를 버리지 않을 유일한 사람."

재작년 여름까지 이 집의 기후를 책임지는 사람은 그때 열네 살이었던 사촌 훌리오였는데, 엄마 말에 의하면, 외삼촌과 외숙모가 해변의 아파트에 집 한 채를 샀고 그래서 이제는 그들이 여기 오지 않는 거라고 한다. 우리가 도시에서 만날 때마다―점점 더 만나는 일이 줄었지만―이번 여름엔 갈 거라고, 꼭 갈 거라고 했다. 하지만 이 마을에서는 여름이 20만 일 동안이나 계속되고 있는 것 같은데도 그들은 오지 않는다.

외삼촌, 외숙모와 훌리오랑 마리아 테레사가 오면 이 집은 완전히 다른 집이 되었다. 수영장을 청소한 뒤 깨끗한 물을 가득 채웠고 라이카도 데려왔다. 우리들은 누구의 감시도 받지 않고 마음껏 마을에 나가 놀았고 아주 늦은 밤까지 깨어 있어도 되었으며, 안뜰에 모포를 깔고 도시에서는 볼 수 없는 별을 보면서, 도시에서는 하지 않는 말들을 하면서 잠자리에 들었다.

여기 있는 것 중 그 어느 것도 거기엔 없어.

여기서의 우리들도 거기엔 없지.

그것은 마치 이 집, 우리들의 집에 있으면, 우리들 자체가 아파트에 있을 때의 우리들과 달라지는 것 같은 느낌이었다. 그곳에서 우리는 더 작았고 더 서툴렀고 더 못생겼고 더 고약한 냄새가 났다. 그곳 도시에서, 이 모든 말들을 우리에게 하는 사람들은 우리더러 루저라고 했다. 나는 학교에 친구가 한 명도 없었지만 여름 동안에는 한 패거리의 일원이었다. 그렇다, 셋이 모인 패거리, 여자아이도 있는 패거리. 세상에서 가장 재미있는 여자아이인 내 사촌 마리아 테레사와 세상에서 가장 천재 같은 남자아이이자 역시 내 사촌인 훌리오. 그리고 물론, 나.

이 촌구석에서도 세상 가장 외진 곳에 있는 이 집에서의 삶은 꽤나 좋았다. 여기에서 우리 셋은 함께 자랐다. 여기에서 자기가 브루스 리라고 믿었던 훌리오가 내 팔을 부러뜨렸다. 여기에서 훌리오와 내가 마리아 테레사의 인형 머리카락을 죄다 잘랐고 그녀는 그 여름 내내 우리에게 말 한마디 걸지 않았다. 여기에서 우리는, 아빠가 외국으로 떠난 휴가에서 돌아오지 않는다는 걸, 외국으로 떠난 휴가는 소피아라고 부르며 소피아는 아기를, 나의 남동생이나 여동생이 될 아기를 가졌다는 걸 알게 되었다. 여기에서 마리아 테레사는 초경을 했고 외삼촌이 울었고 외숙모는 그런 외삼촌더러 게이 같다고 했다. 여기에서 우리는 술도 처음 마셨고 담배도 피웠다. 여기에서 훌리오가 처음으로 자위에 대해서 말해주었고 내게 포르노 잡지를 보여주었으며 그 잡지엔 여자 성기 사진들이 있었고 나는 그 사진들을 외울 만큼 보고 또 보았다. 여기에서 마리아 테레사의 몸에도 변화가 찾아왔는데, 키가 훌쩍 자랐고—우리는 여전히 뚱뚱보 마리아라고 부르기는 했지만—성숙한 여자가 가진 모든 걸 갖춘 여자가 되었다. 물론 뚱뚱보 마리아가 어릴 적부터 가지고 있었던 양 볼의 보조개와 검은 머릿결은 그대로였다. 여기에서 훌리오는 툭하면 성질부터 내는 사람이 되었고 얼굴엔 여드름이 가득해 곪아 터지곤 했으며 만나는 사람마다 꺼지라는 말을 입에 달고 살았다. 여기에서 나는 훌리오가 죽을 만큼 무서웠던 적도 있었는데, 그의 커다란 몸집에 깔려 내 코를 향해 날아드는 주먹을 보았을 때였다. 내가 그에게 게이 같다고 했을 때. 여기에서 사촌 훌리오가 내 코뼈를 부러뜨렸다.

여기에서, 폭풍우가 치던 어느 여름밤에 우리는 수영장에 들어가 있었는데, 마리아 테레사가 내 입술에 키스를 했고 내가 그 얘기를 훌리오한테 했더니 그는 처음에는 우리더러 돼지들이라고, 역겹다고 놀렸지만 사실 그도 키스하고 싶어 했다. 그래서 우리 셋은 키스했다. 그녀가 우리 둘의 가운데에 자리를 잡고 먼저 내게 키스하고 그다음에 그에게 키스했다. 그 느낌이 굉장히 야성적이면서 좋기도 하고 나쁘기도 했는데 그 모든 게 가슴속에서 마구 뒤엉켜 결국 우리는 모두 울고 말았다. 훌리오가 울었고, 마리아 테레사도 울었다. 나도 울었다. 우리 모두가 그 수영장에서 평생을 산 것 같았다. 우리 셋이서만, 우리에게 수건을 건네며 물에서 나오라고 하는 어른은 단 한 명도 없는 채로. 우리는 쪼글쪼글해진 젖은 입술로 다시 키스했고 영원히 서로 사랑하자고, 커서 어른이 되면 결혼하자고 서로에게 맹세했다. 셋이서. 우리 같은 사람은 또 없을 거라고. 우리는 우리 아이들에게 좋은 부모가 될 거라고, 아빠처럼 자식들을 버리고 떠나지는 않을 거라고, 외삼촌처럼 일만 하는 사람은 결코 되지 않을 거라고, 절대로 외숙모처럼 그렇게 바보같이 살지 않겠다고, 엄마처럼 그렇게 늘 슬픔에 빠져 있는 사람은 결코 되지 않을 거라고.

우리는 우리들의 본부인 공구 창고의 한쪽 벽에 하트를 하나 그리고서 우리들의 이니셜을 적어 넣었다. 하트를 하나 더 그리고 또 그리다 보니 그 집의 가장 낡은 공구 창고의 벽은 하트와 우리들의 이니셜로 가득 차게 되었다. 그러고 나서 우리는 외삼촌의 주머니칼로 각자의 엄지손가락을 살짝 베고는 세 엄지를 한

데 모았다.

그리고 우리는 키스했다.

이것만은 분명했다. 우리는 우리 부모들보다 훨씬 좋은 부모가 될 것이다, 우리는 서로 사랑하니까.

여기에서, 외삼촌네 가정부 하나가 뒤뜰로 나와 우리에게 감기 걸리겠다고, 이제 그만 나오라고 말하려다가 우리가 키스하고 서로 만지고 있는 모습을 보았다.

그들은 이제 오지 않는다. 수영장은 낙엽과 곤충 사체들로 덮여 있고 나는 그 가운데에 떠서 움직이지 않고 멍하니 있다. 가끔 나한테는 햇빛조차 비치지 않는다는 생각이 든다. 이 거지 같은 마을의 강렬한 태양, 모든 사람들에게 구릿빛 피부와 행복한 얼굴을 선사하는 그 태양이 나만 비껴간다. 나는 희끄무레하기만 하고 도시에서와 마찬가지로 내 자리 없이 벗어나 있다.

벽에다 공을 던지고 있다 보면 나는 뭐에 씌기라도 한 것처럼 쉬지 않고 계속해서 공을 치고 받았고, 그럴 때 나는 외삼촌의 왜건 엔진 소리가 들려오는 상상을 한다. 라이카가 짖는 소리, 마리아 테레사의 째지는 웃음소리, 훌리오가 바닥에 축구공을 튀기는 소리를 상상하고 엄마가 자기 오빠를 보고 오빠가 와서 너무 기뻐,라고 말하는 소리가 들리고 엄마는 정말로 기뻐 보인다. 몇 달 동안이나 다른 것, 그러니까 기쁨과는 거리가 먼 것들에만 빠져 있던 사람의 얼굴에 떠오른 진짜 기쁜 표정. 엄마는 사랑 노래를 흥얼거리며 레모네이드를 만들러 부엌으로 가고, 목이 긴 유리컵에 생크림으로 만든 아이스크림 두 덩이를 얹고 그 위에 웨이퍼 스틱을 꽂아 내온다. 외삼촌 먼저야. 외삼촌, 외삼촌, 외삼촌 거야. 가만둬, 손대지 말라니까, 하면서 내 손을 탁 친다.

이제 그런 일들은 일어나지 않는다. 멀리서 이름을 모르는 개들이 짖는 소리만 들려오고 장식장 위에 놓인 목이 긴 유리컵 위에는 먼지만 쌓여간다. 나는 계속해서 수영장에 있다. 나는 다른 짙은 색 곤충들 사이를 떠다니는 반투명한 곤충 같다. 내 속눈썹 주위에서 모기들이 윙윙거린다. 나는 움직이지 않는다. 거의 숨도 쉬지 않고 있다. 꼼짝도 않고 있은 지 한참 되었고 나는 내게 일어날 수 있는 가장 좋은 일은 지금 내가 죽는 것, 내가 여기에서 익사하는 것이 아닐까 생각했고, 그러면 마리아 테레사와 훌리오—여름의 태양과 철철 넘치는 해산물과 새로 사귄 친구들, 그리고 뭐든 그

빌어먹을 해변에 있는 것들에 둘러싸인 ─ 는 나 때문에 목 놓아 울게 될 것이다. 나를 위해, 그들의 사랑을 위해, 그들의 남편을 위해, 빌어먹을 그해 여름 고작 몇 달을 즐기자고 시골 저주받은 집에 악마 같고 외로운 두 여자, 미친 두 여자와 함께 버려둔 나를 위해. 그러면 안 되는 거야, 씨발. 그들은 그들 인생의 마지막 여름이 올 때까지, 늙어 꼬부랑 할머니 할아버지가 될 때까지 울고 또 울 것이다. 늙어 추해지고 무정히 버려져 고독과 가난과 치매로 벌 받으면서. 그들의 노쇠한 머릿속에 어쩌다 내가 떠오르겠지, 아, 사랑스런 펠리페, 우리 때문에 물에 빠져 죽은 아이, 우리가 고집을 부리지 못해서, 이 한마디를 못 해서. 아빠, 엄마, 우리 시골에 가서 펠리페랑 있고 싶어요, 펠리페랑 있는 것보다 더 좋은 건 없어요, 다른 것 뭘 갖다준대도 우린 펠리페를 선택할 거예요.

빌어먹을 멍청이들.

하지만 결국 나는 익사하지 않는다.

엄마가 저녁을 먹으라고 나를 부른다.

견딜 수 없이 무더운 날이었지만 오늘따라 나는 블라인드를 내리는 일이 영 내키지가 않았다. 그걸 알아

채고 무슨 말이라도 할 사람은 엄마뿐이었는데, 왜냐
하면 할머니는 뭔가 이상하다는 걸 눈치채더라도 어차
피 아무 말도 하지 않을 것이기 때문이다. 할머니는 몇
년 전부터 뭔가에 놀란 사람 표정 그대로 얼굴이 굳어
버렸고 어깨는 축 처졌으며 한쪽 손, 그러니까 오른손
을 늘 허벅지 위에 올려놓고 반대편 손으로 수줍게 그
위를 덮고 있다. 손이 마치 성기라도 되는 것처럼. 그
런 자세로 휠체어에 앉아 있으니 할머니는 더 작아 보
이고 전혀 무섭지가 않은 데다 약해 보인다. 분명 전에
는 저 똑같은 손, 그러니까 바로 저 오른손으로 아이들
을 때리곤 하던 개같은 할망구였는데. 맞은 아이의 뺨
에 붉은 손자국이 몇 시간씩 남아 있곤 했다. 한번은
할머니가 훌리오에게 이런 후레자식, 내가 다 안다, 너
내 아들의 친아들이 아니라는 걸,이라고 말했다고, 자
기를 때리면서 계속 그렇게 말했다고 훌리오가 우리
에게 얘기해주었다. 하루는 마리아 테레사가 짧은 치
마를 입었더니 할머니는 이렇게 말했다. 쪼그만 게 창
녀같이, 이 창녀, 창녀, 몹쓸 창녀야, 너나 네 엄마나 둘
다. 나한테는 반대로, 그게 내게 정이 있어서 그러는
건지 오히려 나를 그냥 불쌍하게만 봐서 그러는 건지

모르겠지만, 딱 이 말만 하곤 했다. 슬프구나, 너는 슬
픈 아이야.

뇌색전증이 온 후부터 ― 신께 감사드린다 ― 할머
니는 말을 못 하게 되었다. 처음에는 하고 싶은 말을
종이에 썼는데 그 쪽지들에 욕이 한가득해 엄마는 할
머니의 메시지를 읽을 때 한 단어 걸러 하나씩 등장하
는 그 욕들을 삐 소리로 처리했다. 하지만 할망구는 표
현의 자유를 침해받았다고 느꼈는지, 손가락 마디가
하얗게 될 정도로 휠체어 팔걸이에 올려놓은 손에 힘
을 꽉 주고는 당장이라도 고함을 칠 것처럼 보였으며
눈알은 튀어나오기 일보 직전이었는데, 그런 모습이
마치 지진이라도 일으키려는 것 같았다. 그러다 결국
그 자리에서 오줌을 싸고 똥을 지렸다. 엄마는 그날 아
예 수첩을 빼앗았고, 그렇게 할머니의 입을 막았다.

그날 밤 엄마는 저녁을 먹지 않겠다고, 날이 너무나
더워 샤워를 해야겠다고 말했다. 그리고 냉장고에 참
치 샐러드랑 빵이 있으니 꺼내 먹으라고 덧붙였다. 나
는 가책을 느끼며 밥을 먹었다. 더위는 내 책임이었고
엄마가 식욕이 없는 것도 내 책임이었고 혼자 외로이
맛없는 밥을 먹는 것은 내 벌이었다. 그래, 블라인드를

맡은 자의 잘못이다. 하지만 나는 블라인드 담당자가
되고 싶지 않다. 이 집에서 블라인드를 올리고 내리는
사람들은 모두 이 집을 떠나고, 죽고, 잊힌다. 싫어. 그
렇게 되기 싫어. 사촌들이 그립다. 나는 그들이 이곳에
있을 때의 그 소년이 되고 싶다.

울음이 터졌다.

이번 여름은, 그리고 아마도 분명 앞으로 올 내 인생
의 모든 여름도 마찬가지일 테지만, 이미 똥통에 처박
혀버리고 만 거야.

갑자기 이 집이 무서워졌다. 지금은 없는 이 집의 모
든 남자들. 할아버지, 아빠, 외삼촌, 훌리오. 나도 여기
있기 싫다. 그리고 나는 어른이 되고 싶지 않다. 다른
무엇이 될 순 없는 걸까? 내가 있고 싶은 곳은 어디에
도 없지만—과거로 갈 수는 있나?—그래도 여기 있
고 싶지는 않다.

나는 엄마를 위해 샐러드를 조금 싸가지고 2층으로
올라갔다. 엄마는 천장에 달린 선풍기 아래에 큰대자
로 누워 있었는데 아직 샤워한 물기가 벗은 몸에 그대
로 남아 있었다. 엄마의 몸은 내 몸과 같이 생크림처럼
희었고 창문을 통해 들어오는 약한 빛이 엄마의 몸을

비추고 있었는데, 마치 익사체 같았다. 누군가 막 수영장에서 건져 올리기라도 한 것처럼, 살리기엔 이미 너무 늦어버린 뒤에. 그리고 그대로 침대에 눕혀놓은 것처럼, 다리가 벌어진 자세로.

엄마는 죽었고 그러면 나는 떠날 수 있다. 그렇지. 뭐든 작은 배낭에 쑤셔 넣고 마리아 테레사와 훌리오를 찾아 떠날 것이다. 엄마는 죽었다. 물에 빠져 죽었다. 그리고 나는 블라인드를 치지 않았다.

"엄마?"

다시 눈물이 났다. 엄마 옆으로 가 누웠다.

엄마가 눈을 뜨더니 괜찮다고 말했다.

"내 새끼, 내 아들, 가슴 깊이 사랑하는 내 아들, 이리 와, 뽀뽀해주렴."

나는 엄마에게 가까이 붙었고 엄마는 내 얼굴을 쓰다듬으며, 아빠를 똑 닮았어, 하고 말했다. 지난여름 마리아 테레사와 훌리오랑 내가 그랬던 것처럼 엄마는 내 입술에 입술을 부볐다.

"여기서 네가 나왔어." 이렇게 말하며 내 손을 물기가 남아 있는 자기 성기에 갖다 댔다.

"그리고 여기로는 젖을 먹었고." 이렇게 말을 이으

며 내 손을 엄마의 말랑한 젖꼭지로 가져갔다.

나는 젖꼭지를 꾹 누르고 젖꼭지에 뽀뽀하고 젖꼭지
를 빨았다. 내내 나의 사촌들을 떠올리면서, 영원하자
고 맹세했던 우리들의 사랑을 떠올리면서.

엄마의 목소리가 들렸다. 마치 물속에서 나는 목소
리처럼.

"내 새끼, 엄마랑 결혼할래?"

응, 이라고 했다. 모두가 날 버렸으니까. 그래서 나는
그러겠다고 했다.

문 쪽으로 고개를 돌렸을 때 나는 할머니가 거기 있
는 것을 본 것 같았다. 휠체어에 앉아 역겹다는 듯한
웃음을 짓고 있는 할머니를.

엄마는 내게 말했다.

"여기서 네가 나왔어, 내 새끼, 들어오렴, 여기야, 이
리 오렴."

그리스도

어린 남동생에게 열이 나기 시작했을 때 이 모든 것이 시작되었다.

나는 하도 오랫동안 학교에 나가지 않아서 언제부턴가는 내가 학교에 갔던 적이 있었나 싶었고, 태어날 때부터 나는 어린 남동생을 돌보는 일만 해온 것 같았다. 엄마가 일을 하러 나가 있는 동안 나는 집에 남아 한 시간마다 조그마한 숟가락으로 분홍색 물약을, 네 시간마다 투명한 물약을 어린 동생에게 떠먹여야 했다.

그녀는 내 생일에 숫자가 커다랗게 표시되는 손목시계를 선물했다.

아기는 가벼워도 너무 가벼웠다. 두 팔 안에 구겨진 선물 포장지를 안고 있는 것 같았다. 웃지도 않았다. 눈을 제대로 뜬 적도 거의 없었다.

어느 날 밤 엄마의 남자 친구들 중 하나가 아기 울음 소리에 진저리가 나 화장실 문에 구멍을 냈다.

"조용히 좀 시켜." 엄마에게 말했다. "저 갓난쟁이 입 좀 닫게 해. 저 괴물, 닥치게 좀 하라고. 창녀 짓 하더니 너한테서 괴물이 나온 거야. 그냥 죽여버리든가."

나쁜 말을 계속하더니 주먹을 날렸다.

어린 남동생이 아니라 화장실 문에 주먹을 날린 게 다행이었다. 그 주먹이 엄마에게 향한 게 아니었던 것도. 하지만 곧이어 엄마에게도 손찌검을 했다.

우리는 그 엄마 친구를 다시 보지 않게 되었지만 분홍색 물약과 투명한 물약을 사는 일은 더욱 힘들어졌다. 그래서 엄마는 약에 끓인 물을 섞어 좀더 버텨야만 했다.

그녀는 내 남동생의 체온을 재는 동안 두 손을 꼭 맞잡고 기다리곤 했다. 그럴 때면 손이 하얘졌다. 체온계를 공중에 들고 흔든 다음 전등 불빛 아래에서 체온을 확인할 때는 그녀의 입에서 작은 소리가 새어 나오곤 했다. 혀를 차거나 이를 부딪치는 소리. 그런 소리를 내지 않는 날은 동생의 상태가 조금 좋은 날이란 뜻이었다.

주말이 되면 가끔 엄마는 나를 할머니 할아버지 댁에 보내곤 했다.

페르난도 할아버지는 맨 먼저 할아버지의 돌아가신 엄마 로시타가 묻힌 묘지에 나를 데려갔다. 그러고 나면 우리는 작은 마을 라팔마에 들러 코카콜라와 바닐라 아이스크림을 먹곤 했다. 할아버지와 함께 있는 소녀. 원피스를 입은 소녀. 형제가 없는. 외동딸. 응석받이 손녀. 그 모든 것은 너무 빨리 끝이 났고 눈 깜짝할 사이에 월요일이 되어 있었다.

어느 날 오후에 나는 애니메이션 「딱따구리」*를 보고 있었는데, 남동생이 울기 시작했다. 나는 동생에게 가지 않았다. 분홍색 물약을 먹일 시간이었다. 가지 않았다. 나는 「딱따구리」를 보고 싶었다. 처음부터 끝까지. 딱 한 번만이라도 처음부터 끝까지, 숫자가 커다란 손목시계를 확인하지 않고, 그 하얀색 플라스틱 숟가락에 물약을 따르지도, 동생에게 물약을 삼키게 하

---

* 1930년대 말 월터 란츠에 의해 극장용 애니메이션으로 처음 제작된 이래 1972년까지 TV용 애니메이션으로 계속 방영되었으며, 이후에도 현재에 이르기까지 전 세계 여러 TV 채널을 통해 지속적으로 재방영되고 있다. 주인공 딱따구리 캐릭터의 '우헤헤헤헤'하는 웃음소리가 특징이다.

그리스도

느라 내 옷을 더럽히지도 않고. 내 옷에서는 늘 약 냄새, 고약한 냄새가 났다. 나는 「딱따구리」를 보는 소녀의 냄새가 나길 바랐을 뿐이다. 나는 웃기지 않은 장면에서도 계속해서 웃어댔다. 큰 소리로, 큰 소리로, 딱따구리 캐릭터처럼. 어린 동생의 울음소리가 묻혔으면 해서.

조금 뒤 프로그램이 끝나고 「고인돌 가족 플린스톤」*이 시작됐다. 나는 그것도 처음부터 끝까지 다 보았다.

동생에게 갔을 때 동생은 더 이상 소리를 내지 않고 가만히 있었다. 나는 동생을 건드려보았다. 불붙은 양초의 불꽃에 손가락을 집어넣은 것만 같았다.

나는 이웃집 아주머니에게 전화를 걸었고 이웃집 아주머니는 엄마에게 전화를 걸었다.

"분홍색 물약 먹였어?"

나는 그렇다는 의미로 고개를 끄덕였다.

의사는 녹색 물약과 좌약을 더 처방해주었다.

---

* 1960년부터 1966년까지 방속국 ABC를 통해 방영되었던
  TV용 애니메이션으로 이후에도 전 세계 여러 TV 채널을 통해
  재방영되었다.

엄마는 내게 좌약 주입하는 방법을 알려주었다. 나는 하고 싶지 않았다. 어린 동생은 째지는 소리를 냈다. 언젠가 집 앞에서 택시에 치인 짙은 갈색 강아지, 내장이 밖으로 튀어나와 있었지만 살아서 낑낑거렸던 그 강아지가 냈던 소리 같았다. 비명 소리가 똑같다, 똑같아.

분홍색 약, 투명한 약, 녹색 약, 그리고 좌약.

다음 날 우리는 동생을 할머니 할아버지께 맡겨놓고 크리스토델콘수엘로 지구에 갔다. 흑인들이 사는 동네, 금지된 동네였다. 엄마와 나는 그곳에서 꼭 코카콜라 위에 둥둥 뜬 바닐라 아이스크림 덩어리 같았다.

머리에 빨간 손수건을 두른 몹시 뚱뚱한 흑인 아주머니 한 분이 엄마에게 믿음을 가지라고 말했다.

"믿음을 가지세요, 여사님. 이 그리스도상은 기적을 보여주십니다."

그러더니 돈을 달라고, 동전이라도 몇 개 달라고 했다. 왜 아주머니는 그리스도에게 돈을 달라고 하지 않았을까? 기적을 보여주는 그리스도라면 동전이 가득할 텐데. 버스비가 없어서 가끔은 먼 길을 걸어가야만 하는 우리랑은 달리.

빨간 손수건을 두른 흑인 아주머니는 엄마에게 그리스도상의 보라색 천에 다는 남자 아기 인형을 팔았다. 교회 안으로 들어갔더니 그런 인형이 엄청나게 많았다! 조그마한 심장, 조그마한 다리, 조그마한 팔, 조그마한 머리, 그리고 내가 모르는 또 다른 몸의 조각들이 가득했다. 또 사진과 쪽지와 지폐와 그림들도 잔뜩 매달려 있었다. 쪽지 중 하나에는 "도와주세요 주님, 저 이제 아홉 쌀바께 안 됐는데 암이래요"라고 쓰여 있었다.

"엄마?" 나는 엄마에게 물었다. "이 중 어떤 게 내 동생인지 그리스도는 어떻게 알아요?"

"아주 똑똑하시거든."

교회 안에서는 특이한 냄새가 났다. 낡은 냄새, 먼지 냄새, 내가 여러 날 동안 머리를 감지 않았을 때 나는 냄새, 그리고 어떤 열기의 냄새, 가끔 정전이 되었을 때 나던 냄새.

그곳을 떠나기 전 엄마는 로스안데스 케첩 병을 꺼내 수도꼭지에서 나오는 물을 채웠다.

"좋은 물이야." 엄마가 말했다. "그리스도의 물, 성수야."

내게도 한 모금 마시라고 주었는데, 성스러운 맛이 나기는커녕 그냥 케첩 맛에 녹물 맛이 조금 나서 나는 그냥 케첩 물 아닌가, 월말이 되어 케첩이 거의 다 떨어졌을 때 얼마 남지 않은 케첩을 맨밥 위에 뿌려 먹던 그 맛 아닌가 하고 생각했다. 그런 게 기적일 수는 없었다. 기적이라면 밀크캐러멜 맛이 나거나 더블버거 맛이 나야 했다. 가난의 맛이 아니라. 그 쓰레기 같은 물을 입에 머금었을 때 나는 세상 사람들을 향해 이렇게 외치고픈 충동이 들었다. 다들 잘못 알고 있는 거라고, 여기 기적은 없다고, 기적이 있다면 여기 빨간 손수건을 두른 아주머니가, 맛도 더럽게 없는 케첩 같은 그리스도의 옷자락에 다는 조그마한 몸뚱이와 팔, 다리 같은 조각들을 팔면서 동전을 챙기고 있다는 것뿐이라고. 그 옷자락에 내 남동생이, 아니 동생처럼 못생긴 인형이 매달려 있었다. 똑같이 소름 돋게 생긴 수백 개의 인형과 머리통과 팔과 다리와 심장이 그 주위를 둘러싸고 있었다. 무슨 폭발이라도 일어난 것처럼.

"네 동생은 저기 있어야 해." 엄마가 갑자기 화를 내며 말했다.

그리고 나는 집에 돌아오는 내내 울기만 했다. 왜냐

하면 엄마도 자기가 무슨 일을 하는지 모른다는 걸 알아버렸기 때문에.

집에 오자 엄마는 그 물을 동생에게 조금 먹이고 동생의 머리에도 뿌렸다. 동생은 눈을 뜨더니 입술을 오물거리며 이를 보였다. 마침내. 우릴 보고 미소 지었다.

그렇게, 그 미소 그대로, 그다음 주에 우리는 동생을 아주 작고 하얀 상자에 담았다. 동네 사람들이 한 푼 두 푼 모아 구입한 관이었다.

나는 학교로 돌아갔다. 다시 3학년으로, 나만 덩치가 크고, 나만 친구가 없는 곳으로.

사람들이 내게 형제나 자매가 있냐고 물을 때면 나는 크리스토델콘수엘로 지구에 있는 그리스도상의 망토에 매달린 조그만 아기를 떠올리고는, 없다고 말한다.

그들은 결코 이해하지 못할 것이다.

수난

바닥에 웅크린 네 모습은 마치 어느 거지가 겁도 없이 던져놓은 짐 보따리—안에 값나가는 물건이 하나도 없어 누가 훔쳐 갈 염려 없이 무심코 던져놓은 더러운 보따리—같다. 그건 너다. 그날 벌어지던 일을 구경하기 위해 달려드는, 샌들 신은 군중들이 일으킨 먼지가 너를 완전히 덮는다. 네 입안은 흙먼지로 가득하고 끝이 뾰족한 자갈 하나가 네 가슴뼈 쪽에 박힌다. 누군가 너를 밟는다. 너는 미동도 하지 않는다. 굶주린 들개가 네게 코를 박고 킁킁거린다. 너는 미동도 하지 않는다. 너는 독에 대해, 치명적인 독을 가진 쓴맛의 어느 식물 뿌리에 대해, 몇 번이고 네가 독을 짜냈던 사막의 독사가 가진 날카로운 송곳니에 대해 생각하고, 이 모든 것이 순식간에 다 끝났으면 좋겠다는 생각을 한다.

너는 안다, 아니 네가 아는 유일한 것은 그 없이 살 수는 없으리란 것이다. 네가 모르는 것, 앞으로도 결코 알 수 없는 것은 그가 너를 사랑했는가이다. 그건 한 번이라도 사랑 받아본 사람만이 알 수 있는 것이다. 너는 그런 사람이 아니다. 너의 어머니는 야위고 헐벗은 코흘리개인 너를 두고 떠나갔으니까. 비에 젖은 짐승처럼 너는 할아버지 할머니 집 대문 앞에 남겨졌다.

남자를 찾으러 가버린 거라고, 사람들이, 마을 사람들이 한쪽으로 입을 가리고 수군댔다. 사람들이 그런 식으로 하던 말은 곧, 한참 지나지도 않아 너에 대한 말이 되어, 꼭 끼는 옷처럼 너를 옥죄고 역병처럼 너를 전염시켰다.

너는 역시 모른다, 너의 어머니가 너를 그녀 자신으로부터 구하고 싶었던 건지를. 네가 물려받은 것, 축복처럼 보이기도 저주처럼 보이기도 하는 것들로부터 구하려고 했는지를.

첫번째로 실현된 너에 대한 예언은 "너는 네 엄마랑 똑같아"였다. 사람들은 네 엄마랑 똑같다고 소리치면서 똑같이 되지 말라고 너를 때렸다. 어느 날 밤, 네가 열두 살인가 열세 살쯤이었던가, 너는 네가 제일 좋아하는 일, 풀과 꽃, 뿌리를 채집하는 일—집으로 가지고 와 끓이고, 빻고, 섞어 어떻게 되는지 볼 목적으로—을 하다가 집에 돌아와야 할 시간에 늦고 말았다. 그래서 너는 꽉 찬 배낭을 메고 샌들을 신은 발로는 흙먼지를 일으키며 달음질을 쳐 집으로 돌아왔다. 치마 아랫단은 더러워진 채 땀을 흘리며, 헉헉거리면서 지나가는 너를 본 사람들은 고개를 절레절레 저었다. "가엾은 것"이라고 말하듯이, "제 엄마랑 똑같아"라고 말하듯이.

그녀, 너의 할머니, 그, 너의 할아버지가, 너를 얼마나 때렸던지 너는 결국 오른쪽 귀가 영영 멀고 말았고 걸을 때면 다리를 절게 되었다. 월계수로 만든 지팡이, 바로 그 월계수 지팡이에 네 등짝이, 네 엉덩이가, 네 조그만 젖꼭지가 찢어졌고 여기저기 살점이 떨어져 나가 너덜너덜해져 너는 마치 껍질을 반쯤 까다 만 오렌지 같았다.

그들은 고함을 치고 또 고함을 치고, 매질을 하고 또 매질을 했다. 불빛에 비친 그들의 그림자는 마치 성난 거인들처럼 보였다. 너는 눈을 질끈 감았다. 바닥에 몸을 웅크렸고 어머니가 떠나며 네 목에 걸어준 목걸이에 달린 회색빛 돌멩이를 움켜쥐고서 너 자신에게 말했다. "나를 죽여, 안 그럼 어떻게 될지 두고 봐."

그들은 널 죽이지 않았다.

목구멍으로 차오른 피에 숨이 막혀 너는 새벽에 잠에서 깼다. 핏덩이를 뱉고 토하고 숨이 끊어질 듯한 고통 속에 너는 간신히 몸을 일으켰다. 친친히, 아주 천천히, 상처마다 약을 바르고 천으로 감쌌다. 배낭을 찾아 그 속에서 그릇 하나를 꺼낸 뒤, 컴컴한 어둠 속에서 그 그릇 안에 여러 종류의 식물 뿌리와 풀을 넣고 절굿공이로 빻다가 달빛에 노랗게 빛나는 액체 몇 방울을 떨어뜨렸다. 너의 두 눈도 역시 노랗게, 고양이의 두 눈처럼 반짝였다.

그 장면은 아무도 보지 못했다.

너는 그렇게 만든 혼합물을 그릇째 불 위에 올리고 몇 마디 말을 중얼거리더니—그것은 노랫소리 같기도 하고 기도 소리 같기도 했으며 주문을 외우는 것처럼 들리기도 했다—손바닥으로 목에 걸린 회색빛 돌멩이를 감싸 쥐었고, 곧바로 짐을 챙겨 그곳을 떠났다.

사람들이 너의 조부모를 발견했을 때 그들은 수분이

다 빠져나간 채 바싹 말라 뻣뻣하게 굳어 있었다. 마치 가끔 길에서 마주치게 되는 속이 빈 뱀 허물처럼.

그들을 발견한 사람들이 말하길, 피부는 갈색으로 변했고 눈알은 튀어나와 있었으며 인간이라면 불가능할 정도로 턱이 벌어져 있었다고 했다.

그들을 발견한 사람들이 말하길, 공포에 질려 죽은 것 같았다고 했다.

수년 동안 사람들은 너의 흔적조차 찾지 못했다. 소녀들이 사라지는 세상에서 또 한 소녀가 사라진 것뿐이었다. 어떤 사람들은 네가 유랑단에 들어가 마을들을 돌며 춤을 추고 동전 몇 푼에 가슴을 보여준다고 했다. 또 어떤 사람들은 네 어머니가 목에 걸어준 그 돌멩이를 빼앗아 가려던 남자 몇을 죽였을 거라고 확언했다. 몇몇은 네가 나병에 걸려 너덜너덜해져 홀로 쓸쓸히 죽었다는 말을 더 믿었다. 아는 사람의 아는 사람의 아는 사람이 나환자촌에서 죽어가는 너를 보았다고도 했고, 다른 살인자들과 함께 지하 감옥에 갇혀 있었다고도, 흥분한 남자들 앞에서 옷을 벗고 춤을 추고 있었다고도 했다.

실제로는, 사람들 중 그 누구도 네 삶에 아무 관심이

없었고 그들이 알고 싶어 했던 유일한 것은 도대체 무슨 수로 네가 너의 조부모를 마른 나뭇가지처럼 바싹 마른 채 아침을 맞이하게 만들었는지였다.

사람들은 다른 말로 너를 부르기 시작했다. 네 엄마처럼. 사람들은 아이들을 겁주려고 너를, 너의 이름을 이용했다.

어느 날 너는 네가 다시는 발 디디지 않겠다고 맹세했던 그 저주받은 땅에 특별한 남자가 하나 있으니 꼭 만나봐야 한다는 말을 들었다. 너는 자신이 왜 그랬는지 결코 알 수 없었으나, 결국 수년에 걸쳐 지켜온 그 다짐을 저버렸다. 너는 샌들이 너덜너덜해질 때까지 수십 수백 킬로미터를 걷고 또 걸어 어느 새벽, 맨발에 마구 헝클어진 머리를 하고 살갗은 까맣게 탄 채 그 땅에 당도했다.

그는 너를 기다리고 있던 것 같았다. 그는 깨끗한 물이 담긴 대야를 청하더니 네 앞에 무릎을 꿇고 앉아 여성스럽고도 섬세한 손길로 너의 상처 입고 더러운 발을 씻겨주었다. 너는 네가 왜 그때 그런 결심을 했는지 결코 알 수 없었는데, 아마도 살면서 누군가가 너에게 — 바로 너에게, 폭력이 낳은 아기이자 잔인함의 딸이며, 상처 입은 여자들의 밤이 키운 공주인 너에게—처음 해준 다정한 행동 때문이었겠지만, 너는 그 순간 그에게 네 인생을 바치겠다고, 그가 원하는 것이라면 뭐든지 하겠다고 결심했다. 그게 뭐든, 그의 손에 묻은 진흙이 되는 일이든, 그의 것이 되는 일이든, 그의 노예가 되는 일이든.

그가 네 이름을 묻고는 달콤한 목소리로 따라 발음했을 때 너는 처음으로 눈물을 흘렸다. 소녀여, 너의 눈물은, 전설이 될 거야. 그때 그가 손을 뻗어 너의 눈물을 닦아주고는 네게 말했다—그래, 네가 지어낸 얘기가 아니다, 그가 그 말을 했다—너를 사랑한다고.

그가 말했다. 너를 사랑해.

이제 돌아갈 길은 없었다. 고아이자 멸시받고 학대받은 아이, 절름발이이자 절반의 귀머거리, 창녀, 살인자, 나병 환자는 이제 더 이상 존재하지 않았다. 앞으로도 없을 것이다.

그의 앞에 있었던 건 너였다.

그리고 그의 앞에 있는 너는 특별한 여자였다. 모든 여자들 중에서도 가장 훌륭한 여자.

그리고 분별력이 별로 없는 개조차 자신의 머리와

등을 쓰다듬어주는 사람을 충직하게 따르기 마련인데, 너라고 그가 가는 길이 다름 아닌 지옥이라 해도 그를 따르지 않을 도리가 있겠는가? 그를 행복하게 할 수 있는 일이라면, 그가 사람들에게 한 약속들을 실현시키는 데 도움이 되는 일이라면, 불가능한 일까지도 하려고 하지 않겠는가? 그렇게 너는 사랑에 감사하는 개처럼 그의 발치에 앉아 그를 바라보고, 사랑에 미쳐 넋을 잃고 그의 이야기를 듣곤 했다. 마치 그의 입에서 포도송이가, 꿀이, 재스민꽃이, 새들이 나오기라도 하는 것처럼.

가끔 너는, 그가 어부들과 목동들에 관한 달콤한 이야기를 할 때 네 가슴에 달린 그 회색빛 돌멩이를 손으로 꼭 쥐곤 했는데 그럴 때면 스무 명의 사람들이, 서른 명, 마흔 명의 사람들이 네가 그랬던 것처럼 그의 이야기를 듣기 위해 모여들었다. 그들은 어린아이처럼 순진하게 그를 숭배했다. 그가 마법사라도 되는 것처럼, 그의 입에서 꿀과 새들이 나오기라도 하는 것처럼.

너는 그것이 그를 행복하게 한다는 것을 알고 있었다.

갑자기 그를 따르는 사람들의 수가 엄청나게 불었

다. 그는 변했다. 이야기들은 처방으로, 기담으로, 그리고 명령으로 바뀌었다. 그는 네가 이해할 수 없는 것들, 사실 아무도 이해하지 못하는 것들, 마술적인 것들, 성스러운 것들, 그리고 어쩌면 불경한 것들에 대해 말하기 시작했다. 너는 그런 건 아무래도 상관없었다.

다른 사람들 때문에 이제 너는 그를 만지지 못하게 되었고—그의 옷자락이나 신발 말고는—그가 네가 지내는 천막에 전처럼 자주 들르지도, 다급히 널 찾는 일도 없게 되었다. 네겐 그—사막의 남자—의 냄새에 대한 기억만이 남게 되었다. 그의 체취는 네 코끝에서, 네 몸에서, 네 옷에서 떠나질 않았다. 영영 사라지지 않는 냄새, 네 삶의 마지막 순간까지 너를 전율시키는 냄새. 그는 너의 사람이었다, 하늘에서 보낸 자,라고 그는 지금 스스로를 그렇게 말하고 다니지만, 너의 것이었다. 그리고 너는 그의 것. 그런 이유로 너는 가나의 결혼식*에서 포도주가 떨어지자 네 목에 걸린 돌멩이를 움켜쥐었고 자갈과 모래뿐인 곳에 생선과 빵이

* 성경에 따르면 가나의 결혼식에서 물을 포도주로 바꾼 예수의 첫번째 기적이 일어났다고 한다.

나타나게* 했다——너는 너의 고독 속에서 물과 돌과 모래를 지배하는 법을 배웠으니까.

역시 그런 이유로 너는 아무도 너를 보지 못할 때, 아무도 너를 보려고 하지 않을 때, 거지의 허연 두 눈동자에 고약을 바른 것이고, 그래서 그 거지가 눈을 뜨고 '기적'이라고 말할 수 있었으며 나사로의 무덤에 남몰래 들어가 죽은 그의 폐에 생명의 향을 불어넣어——그때 너는 네가 써서는 안 될 힘을 끌어다 쓰고 말았다, 죽음은 죽음이니까. 하지만 그것을 없었던 일로 만들기에는 이미 너무 늦어버렸다——죽은 자가 벌떡 일어나 걷게 함으로써 너의 '그'가 영광으로 가득하게, 더욱더, 매일같이 더욱더 영광으로 가득하게 만들었다.

그러니 너는 그것을 용인할 수 없었다. 그가 죽는 것을. 그냥 두고 볼 수 없었다. 그들이 그를 죽이는 것을. 그것은 네가 용인할 수가 없는 일이었다. 너는 그것을 막으려고 했고, 그래서 그에게 가 고약에 대해, 음식이 되었던 돌멩이에 대해, 원래는 물이었던 포도주에 대

---

* 빵 다섯 개와 생선 두 마리로 5천 명의 군중을 먹였다는 이른바 오병이어의 기적.

해, 그 거지의 앞을 보지 못하는 허연 눈동자에 대해,
벌떡 일어나 걸었던 시체에 대해, 그리고 네 목에 걸린
돌멩이와 네가 빌려 썼던, 너나 그보다도 한없이 강력
한 힘에 대해 이야기했다. 하지만 그는 너를 믿지 않았
다. 그는 거칠게 너를 밀어냈고—그가, 거칠게—너
는 바닥에 쓰러졌으며 쓰러진 채 너는 그를 올려다보
았는데 너는 그때 신을 보았다. 그 남자는 너의 신이었
다. 그래서 너는 네가 거짓말을 했다고, 스스로를 거짓
말쟁이라고, 미친 여자라고 했고 그러자 그가 네게 말
했다.

"내 눈앞에서 사라지거라, 여자여."

자신에게 빵 조각을 던져주는 자의 집 문 앞을 지키
는 개라면 그를 보호하기 위해 그 누구든 찢어 죽일 태
세로 송곳니를 드러낼 텐데, 너라고 해서 그를, 그 자
신으로부터든, 그가 스스로에 대해 믿는 것으로부터든
그를 필사적으로 지켜주고 싶지 않겠는가? 그래서 너
는 그들이 그를 데려가 그 모든 끔찍한 짓을 저질렀던
날 네 목의 돌멩이를 움켜쥐었고 그리하여 하늘엔 마
치 회색 화산암 덩어리 같은 먹구름이 드리워졌으며
너의 울음—아아, 너의 울음—은 수천 킬로미터 밖

의 사람들까지 통곡하게—수프를 먹으면서, 사랑을
나누면서, 밭을 갈면서, 강가에서 빨래를 하면서, 심지
어 꿈속에서도—만들었다.

그가 가슴 위로 힘없이 머리를 떨구자 너는 몸을 웅
크렸고 사람들은 너를 밟고 지나갔으며 들개가 네 몸
에 코를 박고 킁킁거렸고 너는 독을 마시고 죽을 생각
을, 그렇게 바로 그 자리에서 삶을 끝낼 생각을 하다가
그 순간 울음이 터졌다. 그리고 너의 울음, 그 생생한
여성의 눈물은 네가 있던 자리에 물웅덩이를 만들어
마치 수의와도 같던 네 옷을 적셨고, 너는 옷을 벗고
아무도 너를 보지 못하게, 아무도 너를 보려고 하지 않
으니까 그런 채로, 몇 시간 뒤에 그가 묻힐—뼈만 남
아 앙상한 몰골로, 피투성이가 된 채, 완전히 숨이 끊
어져서—묘에 들어갔다.

너는 다 죽어가는 창백한 몸을 하고 차가운 돌바닥
에 네 등을 붙인 채 그가 일어나는 것을 보았고 너는
미소 지었다. 그의 목에는 회색빛 돌멩이가 걸려 있었
는데, 그 말은 곧 그가 너의 힘을, 너의 피를, 너의 에
너지를 가졌다는 뜻이었다. 그가 묘지의 돌문을 움직
이자 빛이 묘지 안을 비추었고 그 빛에 의해 너는 마지

막으로 그를 볼 수 있었다. 아름답고 신성하며, 초자연적인 사랑을 받는 그의 모습을.

그가 너를 보았다, 그가 분명 너를 보았다고 확신한 너는 네 마지막 숨을 다해 — 너는 죽어가고 있었다 — 그에게 무슨 말인가를 하고 그의 이름을 부르고 그를 향해 손을 뻗었다. 사랑이라는 말은 천장에 종유석처럼 매달렸다. 하지만 그는 계속해서 발걸음을 옮길 뿐이었다. 모랫바닥 위에 무릎을 꿇고 경배의 말을 외치며 두 손으로 제 얼굴을 감싸 쥐는 그의 열광적인 신도들을 만나기 위해.

그리고 그는 결코 뒤돌아보지 않았다.

상중喪中

생애 처음으로 마르타는 식탁의 상석에 앉았고, 깨끗이 씻긴 여동생에게 향유를 바르고 흰색 리넨 원피스를 입혀 자신의 오른쪽 자리에 앉혔다. 술항아리가 다 비워지기도 전에 포도주를 더 가지고 왔고 기도문도 외지 않고 닭고기를 먹어치웠다. 살이 통통하게 오른 닭다리, 캐러멜을 입혀 바삭하게 구운 껍질까지, 그 맛있는 것을, 전에는 한 번도 그녀를 위해 준비된 적이 없었던 그 닭다리를. 그러다 마리아를 바라보았는데 그녀는 야만인처럼 송곳니로 가슴살, 넓적다리, 그리고 꽁무니에 붙은 살까지 다 발라 먹고 있었고, 그 모습에 마르타의 얼굴에는 미소가 번졌다. 포도주와 자유가 선사한 미소. 식탁의 상석에 앉았을 때만 나올 수 있는 미소, 살이 통통하게 오른 황금빛 닭고기 요리를 먹을 때, 아름다운 마리아를 바라볼 때 나오는 미소. 마리아는 음식 때문에 입과 손이 지저분했고 기름기 묻은 손으로 잔을 들어 아직 음식으로 가득한 입에 포도주를 크게 한 모금 들이부었다. 포도주. 해방된 두 여인. 마르타는 마리아에게 말하고 싶었다. 우릴 봐, 우릴 봐봐, 우리가 이럴 수 있는 거야, 이렇게 즐기고 있다니, 오늘 우린 여전히 상중이니까 굳은 얼굴을 하고 있어야 했는데, 집은 검은 천들로 뒤덮여 있어야 했고. 그런데 지금 우리 둘만 남겨졌잖아, 동생아, 그뿐이니, 집안에 남자 하나 없이 우리 둘만 남겨졌다고, 원래는 어미 잃고 남겨진 강아지들처럼 벌벌 떨고 있어야 했는데.

하지만 아무 말도 하지 않았다. 그냥 동생에게 미소를 지어 보였다. 그러자 마리아도 짙은 색 고기 조각이 잔뜩 낀 이를 드러내며 웃어 보였다. 얼마나 먹을 수 있는지 보려는 듯 그들은 계속해서 음식을 먹어치웠고 배가 부르자 자리에서 일어나 서로의 허리를 감싸안고 안뜰로 나갔다. 밤하늘엔 별이 빛나고 있었다. 짐승들도 잠을 잘 시간이었고 하인들도 자고 있었다. 온 세상이 술에 취해 코를 골며 잠에 빠진 듯했다. 음식이 있고 물이 있고 땅바닥이 있고 지붕이 있었다. 마르타는 공기 중에서 예전 여름휴가 때의 바다 냄새를 맡을 뻔했다. 부모님이 살아 계셨을 때, 그가 그 남자가 아니었고 그냥 한 사람 더 있었던 것뿐이었던 그때. 세 아이들은 해변에서 뛰어놀았고 돌아오는 길엔 언제나 엄마, 이 조개껍데기 좀 봐, 아빠 여기 게가 한 마리 있어,라고 재잘거렸다. 좋은 시절이었다, 그래, 공기 중에서는 좋았던 날들의 냄새가 났다. 아빠가 인상을 쓰며 집에 돌아와 눈앞에 있는 게 누구건 가느다란 가죽 회초리로 매질—그럴 때면 침묵 속에서 아무렇지도 않게 살갗이 찢어졌고, 깜짝 선물처럼 붉은 피가 배어 나왔으며 찌르는 듯한 고통이 찾아왔다—을 하지 않던 날들. 아빠의 매질은 엄마를 때리는 것으로 시작되었고 그다음으로는 오빠, 그리고 마르타의 차례가 와서 마르타는 동생까지는 맞지 않도록 마리아를 숨겨야 했다. 그런 아빠 때문에 모두가 이전과는 다른 사람으로, 이전과는 다른 가족으로 변해버렸다. 어쩌면 그런 성스러운 단어조차 쓰면 안 되었던 것 같다. 가족이라니. 썩어 문드러져 고약한 냄새가 나는 아빠의 시절, 그때의 아이들은 침대 밑에 숨어들곤 했고 엄마는 비명을 질렀으며 가끔 아빠는 회초리 말고 채찍을 들었고 공중에 울려 퍼지는 착, 착, 착 소리가 다가올 고통을 고스란히 전해주었다.

마르타는 동생 마리아를 더욱 세게 끌어안았고, 이제는 정면으로 동생을 마주하고 동생의 얼굴, 나이 들어버린 소녀의 얼굴, 나이가 들었어도 너무 아름다운 얼굴, 그리고 신비롭고 매혹적인 녹색 눈동자를 바라보았다. 입술로 동생의 눈물을 닦아주고는 사랑한다고 했고, 또 자신을 용서해 달라고도 말했다. 마리아는 그게 무슨 말인지 잘 알고 있었다. 그래서 마리아는, 포도주와 닭고기와 흘러넘치는 자유의 기분에 잔뜩 취해 원피스를 벗고는 눈을 감고 팔을 벌렸다. 언니가 자신의 몸을, 두 팔을 옆으로 벌려 십자 모양을 하고 선 자신의 벗은 몸 전체를 잘 볼 수 있도록. 막을 자가 아무도 없으면 사람들이 무슨 일까지 할 수 있는지 볼 수 있도록. 살갗이 찢긴 자국들을 보며, 방어할 수 없는 이에게는 잔인함이 항상 이긴다는 것을 이해할 수 있도록. 누군가는 마리아의 배 위에 날카로운 물체로 '여우'라는 단어를 새겨놓았고, 누군가는 오른손을 심하게 밟아 뭉개놓아 손을 너덜너덜하게 만들었고, 누군

가는 젖꼭지가 뽑혀 나올 정도로 물어뜯어 둥근 젖가
슴에서 살점이 떨어져 나와 덜렁거렸고, 누군가는 항
문에 농기구를 쑤셔 넣어 지속성 출혈을 남겼고, 누군
가는 발길질을 하여 아이를 유산하게 만들었고, 누군
가는, 아니 아무도, 그녀가 의식이 없었던 그 며칠 동안
무슨 조치라도 한 사람이 아무도 없어서, 쥐들이 조그
마한 이빨로 집요하게 그녀의 볼과 코를 갉아 먹었으
며, 누군가는, 아니 분명히 그녀의 오빠가, 그녀의 등에
수북한 버드나무 가지 같은 채찍질 자국을 남겼다. 착,
착, 착.

그리고 염증, 부스럼, 괴사, 피, 골절, 빈혈, 성병, 고
름, 고통.

마르타는 동생 앞에 무릎을 꿇었다. 두 팔을 위로 뻗
고 그녀에게 속삭였다. 열 번, 서른 번, 백 번을 속삭였
다, 앞으로는 절대로 그럴 일 없을 거야, 앞으로는 절
대로, 앞으로는 절대로. 마르타는 자신이 건강한 것이,
순결한 것이, 살아 있는 것이 후회스러웠다. 울다가 바
닥에 침을 뱉고 오빠에게 저주의 말을 뱉었다. 오빠의
무덤에 저주의 말을, 그의 저주스러운 이름에, 저주스
러운 성기에, 이미 썩기 시작했을 그의 저주스러운 몸

뚱어리에. 딱지가 잔뜩 앉은 동생의 비쩍 마른 무릎을
감싸안은 채 마르타가 말했다.

"나에게 신은 없어, 너 말고는. 마리아."

그때 뒷문이 갑자기 닫혔고 둘은 비명을 질렀다. 아
이 씨, 바람이잖아. 마리아가 옷을 다시 입었고 둘은
집 안으로 들어갔는데 동굴 안으로 들어온 것처럼 갑
자기 서늘하고 스산한 기운이 느껴졌다. 식탁 위에 켜
진 초 근처로 다가갔을 때 둘은 남은 닭고기 조각들
을 싸고 있는 껍질 같은 것이 수십 마리의 바퀴벌레라
는 것을 알아차렸고 바퀴벌레들은 마른 잎처럼 바스
락거리는 소리를 내며 식탁 위로 흩어져 달아났다. 둘
은 귀신이라도 본 것처럼 비명을 질렀다. 마르타는 이
런 경우, 딱 이런 경우에만 집에 남자가 필요하다고 말
했는데 마리아는, 이미 의자 위에 올라가 치맛자락을
허리까지 뭉쳐 올리고 선 마리아는 귀신이라도 씐 것
처럼 갑자기 크게 웃기 시작하더니 아니라고, 바퀴벌
레가 낫다고, 집에 남자 하나 있느니 세상 모든 바퀴벌
레를 들이겠노라고 말했다. 그러더니 마리아는 맨발로
바닥으로 뛰어내렸고, 두 발은 정확히, 각각 바퀴벌레
한 마리 위로 착지했으며 두 마리의 바퀴벌레는 상자

가 구겨지듯 터져 허연 즙이 튀어나왔다. 마르타는 마리아에게 조용히 하라고, 누가 듣겠다고 하다가, 곧이어 자신도 고작 바퀴벌레 따위에 바보같이 그리 비명을 질렀나 하고 마리아를 따라 웃음을 터뜨렸고 식당 한가운데에서 속옷도 입고 있지 않은 동생의 모습에, 이제 남자가 필요 없다는 사실에, 특히 그 남자가 없다는 사실에 계속 웃음이 났으며, 그렇게 웃는 사이에도 발을 폴짝거리는 것을, 어떤 벌레라도 감히 기어오를 생각을 하지 못하도록 원피스를 펄럭대는 것을 멈추지 않았는데, 누가 그 모습을 본다면 마치 춤을 추고 있는 것처럼 보였을 것이다. 한 명은 허리 아래쪽으로는 벌거벗은 채 순진한 웃음을 지으며 바퀴벌레들을 죽이고 있고 다른 한 명은 별일 없는 사람처럼 춤을 추고 있다니, 누가 고작 나흘, 고작 나흘 전에 저 두 여자의 오빠, 유일한 오빠가 죽었다고 생각이나 할 수 있을까.

하지만 그랬다.

그는 오랫동안 앓았고, 사람들은 사막에서 몹쓸 병을 얻어 온 거라고 했다. 사막의 어떤 여자에게서 병을 얻어 온 거라고 마리아는 생각했지만, 결코 그 말을 언니든 그 누구에게든 입 밖에 내지는 않았다. 그녀가 전에 본 것들은 이랬다. 건강했던 남자들이 몇 달 동안이나 죽음의 문턱에서, 타버린 볏짚처럼 음부는 검게 변한 채, 악마에 대해서나 존재하지도 않는 땅의 달디단 대추야자 맛에 대해 헛소리를 하면서 사경을 헤매는 것. 마리아는 오빠도 그가 저지른 죄악 때문에 벌을 받아 죽은 거라고 확신했지만, 누가 그 말을 믿겠는가? 죄의 짐을 진 자는 그녀이지 오빠가 아니었다, 당연히 아니지, 오빠는 완벽하니까. 천상의 물처럼 깨끗하니까. 마리아는 기억력이 좋았다. 오빠가 그녀를 안채에서 내쫓았던 날을 똑똑히 기억했다. 오빠는 그녀를 노예들이 쓰는 방과 마구간 너머 멀리 떨어진 간신히 지붕만 달린 어두컴컴한 축사에서 자게 했다. 창녀 여동생은 마르타—좋은 여동생, 신성한 여동생—처럼 리넨 이불이나 수놓은 비단 위에서 잘 자격이 없다며. 창녀는 쥐들이 들끓는 곳에서 고약한 냄새가 나는 짚 더미 위에서 자는 것이 제격이라며. 악과 결탁한 창녀가 다리 사이를 만지며 신음하고 있었다며. 창녀가 된 이유는 그것뿐이었다. 쾌락을 좋아하는 것. 어느 날 그가 그것을 본 것이다. 마리아의 방에 들어갔을 때 마리아가 손을 두 다리 사이에 넣고 있는 모습을. 이 집에 창

녀는 있을 수 없다고, 그가 말했다. 그게 전부였다. 그
날 밤 그가 마리아를 구유에 묶어놓고, 아름다운 별
빛 아래에서 발길질을 하여 마리아의 얼굴을 박살 냈
다. 마르타가 따라 나와 제발 자비를 베풀어달라고 하
자 그는 손을 높이 치켜들고 한 발짝이라도 더 다가오
면 죽이겠다고 했다. 너도 똑같이 만들어주겠다고, 아
니 죽여버리겠다고, 그렇게 말했다. 창녀 편을 드는 사
람도 창녀라고, 고함을 질렀다. 그때 마르타는 안뜰 흙
바닥에 무릎을 꿇고 그녀의 오빠가 그녀의 어린 여동
생을 두들겨 패는 것을 지켜볼 수밖에 없었다.

　하지만 이제 자매 둘만 남았다. 마르타는 오빠의 방
으로 거처를 옮겼고 자신의 방, 아름답고 훌륭한 자신
의 방은 마리아에게 내주었다. 이제는 그녀를 아껴주
고 사랑해주고 경배하고 찬양할 시간이다. 저기 저 축
사에서 그들이, 노예들 모두 — 불과 일주일 전까지
만 해도 그녀를 마리아 아가씨라고 불렀던 이들까지
도 — 가 그녀를, 처녀였던 그녀를 강간했다. 그곳에서
남자들이, 어린 남자건 나이 많은 남자건 줄을 섰다.
그곳에서, 그녀 위에서, 온 마을의 성욕이 생겨나고 또
죽어갔다. 그리고 그곳에서 그녀를 학대하고 항문과

질에 삽입하고 그녀를 고문한 것이 바로 그였다. 순수한 남자라고 자신을 칭하고, 자신을 신의 사람이라고 말하는 그, 성인 중에서도 가장 성스러운 성인—이 집에 올 때면 거침없이 행동하고 마리아에게 먼지투성이의 못이 박인 그의 발을 그녀의 이국적이고 신성한 향수로 씻기게 했던 그 성인—의 사랑받는 벗인 그.

마르타가 그걸 아는 것은, 어느 밤, 그리고 또 어느 밤, 그를 따라가 공포에 질린 눈으로 모든 것을 지켜보았기 때문이다. 그리고 그 후, 마르타는 눈을 감을 때마다 그 장면을 다시, 또다시, 또다시 보게 되었다. 여동생 위의 오빠. 마리아의 죽은 것 같은 몸, 눈을 감은 채 축 늘어져 미는 대로 밀리는 몸은 꼭 피로 얼룩진 허연 시체—파리 한 마리가 늘 그녀의 입이나 눈, 콧구멍 주위를 윙윙거리며 날아다녔다—처럼 보였고 그는, 범죄자처럼 사방을 두리번거리던 그는, 달빛을 받으며 본채로 돌아갈 때에도 그녀의 피로 얼룩진 음경을 달고 있었다. 마리아는 생리 중인 걸까? 아니면 안쪽이 다 쓸려 살점이 모두 떨어져 나가 출혈이 계속되고 있는 것일까? 이제 하늘도 대지도 결코 예전으로는 돌아갈 수 없을 것이다. 여동생 위의 오빠, 어둠 중에서도 가장 깊은 어둠.

수없이 많고 많고 많은 밤 동안 그 일이 있었다.

여동생이 누워 있던—간신히 숨만 붙어 있다뿐이지 거의 죽은 것이나 다름없는 채로—간이침대는 배설물을 받는 분뇨 통이기도 해서 벌레들이 들끓었고 그래서 남자들에게는, 아무리 공짜라고 한들, 아무리 쉽다고 한들, 도를 넘은 역겨움을 불러일으켰다. 고약한 냄새가 나는, 불쾌한, 썩은 몸뚱어리. 마리아, 상냥하고 눈부시게 아름다웠던 마리아, 깊은 산속의 보석 같은 눈동자를 가졌던, 바다와 사막의 딸이었던 마리아는 이제 가장 꾀죄죄하고 더러운 떠돌이조차도 구역질을 하게 만드는 여자가 되었다. 가끔은 다급한 누군가가 그녀의 몸 위에 물 한 바가지를 퍼붓고 그렇게 물에 젖은 그녀를 최대한 자기 몸에 닿지 않게 조심하면서 그녀의 몸에 빠르게 삽입하고는, 마치 암염소를 강간하듯 거칠게 움직였다.

마르타는 여동생을 돌봐줄 수가 없었다. 벽에도 눈이 있고 입이 있고 뱀의 혀와도 같은 혀가 있었다. 누구든 그에게 즉각 고할 것이고 그는 그녀에게도 똑같은 짓을 할 것이다. 둘을 모두 가두고, 둘을 나란히 누일 것이다, 바로 그 간이침대에, 바로 그 지옥에. 하녀 하나에게 동전을 쥐여주고 물 한 동이와 스펀지를 가지고 가 멍투성이 먼지투성이 피투성이 그녀를 씻겨주라고 할 수는 있었으나, 하녀가 그것을 실제로 할지 확신할 수가 없었다. 믿음을 가져야 했다. 하녀에 대한 믿음. 생선 조각과 우유와 빵을 가져다주라고 했던 노예에 대한 믿음. 동전 몇 푼 쥐여주었던 파수꾼이, 온 마을의 남자들이 여동생을 계속해서 도구로 이용하는 것을 막아줄 것이라는 믿음. 최소한 한 달에 며칠만이라도. 최소한 축일 동안만이라도. 최소한 오늘만이라도. 조금만 참아, 우리 둘이 같이 여기를 떠날 거야,라고 쓴 쪽지를 전해달라고 부탁했던 소년에 대한 믿음. 하지만 믿음일 뿐이었다. 감정 중에서도 가장 허약한 감정. 믿음이란 별 소용이 없는 것이, 예를 들자면, 오빠의 벗 — 성인 중에서도 가장 성스러운 성인 — 이 집에 찾아와 진귀한 보석 같은 눈을 가진 마리아에 대해 물었을 때, 오빠는 이런저런 핑계로 말을 돌렸고 그가 마리아의 다른 세상에서 온 듯한 녹색 눈동자에 대해 다시 한번 이야기하자 그를 더러운 축사로 데려갈 수밖에 없었다. 그곳에는 마리아가 반쯤 벗겨진 채 온

갖 배설물로 얼룩져 널브러져 있었고 사지를 벌리고 있는 자세는 토막 난 짐승의 사체보다 더 비천한 모습이었다. 그걸 본 그 남자, 신성함을 가진 자들 중에서도 가장 신성한 그 남자는 눈물을 흘리기 시작하더니 크게 소리치면서 오빠를 붙잡고 흔들며 질문을 해댔고, 그 누구도 당신이 여기서 한 짓을 용서할 수 없을 것이오, 당장 그녀를 풀어주시오, 천벌을 받을 놈, 멍청한 놈, 미친 학대자,라고 말했다. 그러나 오빠는 단지, 그녀는 죄인입니다, 선생님, 그녀는 여자들 중에서도 가장 큰 죄를 지은 죄인입니다,라고 말할 뿐이었다. 제가 보았습니다. 육욕을 탐한 죄입니다, 선생님. 누가 제게 말해준 것이 아닙니다. 불행히도 제가 직접 현장을 목격했습니다, 선생님, 역겨운 모습이더군요. 제가 만약 그녀를 풀어준다면, 선생님, 그렇게 되면 다른 여자들은, 그런 짓을 해도 별일 없구나, 그래도 되는구나, 하고 생각하게 될 텐데, 그건 안 될 일이지요.

그러자 그 남자, 마리아가 제 머리카락으로 발을 씻겨준 적도 있었던 그 남자는 바닥에 무릎을 꿇더니 그녀를 위해 잠시, 몇 분 정도 기도를 했고, 다시 집으로 들어가 다른 청년들과 함께 저녁 식사를 하고 술을 마셨다. 돌아갈 시간이 되었을 때 그는 오빠와 포옹하고 나서 이런 말을 했다. 그녀를 풀어주어야 하오. 목소리가 흐느끼는 것도 같았는데 어쩌면 취한 것인지도. 오빠는 수차례 고개를 끄덕이고는 눈을 내리깔고 네, 선생님, 뜻을 받들지요,라고 말했다. 마르타가 따라 나와 무릎을 꿇었다. 제발 부탁드립니다. 그러자 그가, 당신 오빠의 집이오, 하고 마르타에게 대답했다. 강요할 수 있는 일이 아니라오, 남자에 대한 존중이 그 집안에 대한 존중이니까, 그래도 그에게는 이미 얘기했소, 그녀를 풀어주어야 한다고, 그리고 내가 그리되도록 기도하겠소. 믿음을 가져야 합니다, 그가 마르타에게 말했다. 믿음을, 마르타, 믿음, 마지막으로 그렇게 말하고 그는 사막으로 사라졌다.

마르타에게 믿음이란 단어는 이미 혀 속에서 똥 맛이 났다.

그리고 마리아는 계속해서 축사에 있었다.

오빠가 병으로 몸져누웠을 때 마르타는 그를 전력을 다해 간호했고 모든 이들이 그녀의 헌신과 수고와 능력과 그녀가 끓인 죽과 그녀가 달인 탕약을 칭송했다. 마르타는 그를 먹이고 씻기고 약을 주고 심지어 은

밀한 부위의 살가죽이 벗겨진 곳에 하얀 연고를 발라 주기까지 했다. 이 모든 것을 지켜보는 사람이 있다면 깊은 애정으로 하는 일이라고 착각했을 테지만 사실은 깊은 증오심으로 한 일이었다. 남들의 눈에 마르타는 섬세함 그 자체였겠지만 사실 마르타는 손수 차게 굳은 수프를, 언제나 신선한 퇴비나 모래, 또는 안뜰에서 잡은 구더기들—남들이 보지 못하게 조심하면서 상자에 담아 모은—을 넣어 그에게 먹였다. 오빠의 몸—고름으로 가득 찬 피투성이의 커다란 자줏빛 종양 덩어리로 변해버린—을 목욕시킬 때 그녀는, 코코넛 오일과 미지근한 물, 그리고 해면 수세미로 부드럽게 문지르다가 갑자기, 예고도 없이, 숨 한 번 고르지도 않고 사납게 변했다. 마르타는 먼저 해면 수세미를 철 수세미로 바꾸고 마치 목재를 사포질하듯 팔을 위로 아래로 마구 문질렀다. 그리고 사포질한 몸 위에 연료용 메틸알코올을 붓는 것으로 마무리했다. 그녀는 상상력이 풍부해서, 상처 위에 뜨거운 촛농을 붓기도 했고 장뇌나 쐐기풀, 레몬즙을 바르기도 했다. 그러고 나서 방을 나와 문 발치에 놓인 의자에 앉아 무릎 위에 두 손을 포개고 자비로운 모습으로 두 눈을 꼭 감고 있었는데, 그럴 때 안에서는 오빠가 고통으로 몸을 배배 꼬며 끔찍한 비명을 질렀으나 그 소리는 몸 밖으로 나오지 못했다. 이제는 비명을 지를 수 없게 되었으니까. 그는 병으로 혀를 잃었고 그 자리에는 분홍빛의 흐물흐물한 살점 쪼가리 같은 것만 남아 이가 다 빠진 입속에서 덜렁거려 흉측하고 음탕한 괴물 같았다.

누구라도 마르타를 보았다면 그녀가 병든 오빠의 회복을 위해 기도하고 있는 것이라 믿었겠지만, 사실 그녀는 그가 천천히 죽기를, 가능한 한 가장 큰 고통을 받기를 간절히 기도했다.

어느 날 남자는 죽었다. 쉽게 죽지도 빨리 죽지도 않았고, 숨을 거두기 전까지 끔찍한 고통으로 인해 목에서는 그르렁거리는 소리가 몇 시간 동안이나 계속되었다. 극심한 갈증이 났지만 아무도 그에게 물을 주지 않았다. 마르타는 문과 창문을 모두 닫고 마치 무슨 쇼라도 구경하는 것처럼 자리를 잡고 앉아 그가 죽어가는 것을 지켜보았다. 그가 고독 속에서 단말마의 고통으로 신음하도록 두었다, 오빠가 뼈만 남아 앙상한 손을 그녀를 향해 뻗었음에도, 아마도 같이 가자는 듯이, 아니면 손을 잡아달라는 듯이. 그의 죽은 것이나 다름

없는 손 위에 마치 작은 새가 날아와 앉듯 그녀의 살아 있는 손을 올려놓아 달라고, 땀을 닦아달라고, 다만 그의 이마 위에 눈물 몇 방울이라도 흘려달라고, 작은 다이아몬드와도 같은 눈물 두 방울만이라도, 죽음 저편에 있는 것이 무엇이든 그곳에 가져다 바칠 수 있게. 단말마의 고통을 겪는 자들은 신음하고 몸부림치고 운다. 천국과 지옥에 대해 사람들이 했던 모든 말들이 다 거짓말일까 봐. 아니면 오히려 모두 진실일까 봐.

마침내 남자가 움직임을 멈추자—마치 누가 정말 웃긴 이야기라도 한 것처럼 턱이 빠질 정도로 입을 크게 벌리고 두 눈을 휘둥그레 뜬 채로—마르타는 아주 천천히 자리에서 일어나 문을 열고 거실들을 지나 안뜰로 나가더니 세상 모든 연극적 몸짓을 다 동원하여 바닥에 몸을 던지고 꺼억꺼억 크게 소리를, 모든 이웃들이 다 찾아올 때까지 꺼억꺼억, 꺼억꺼억 소리를 냈다. 손으로 얼굴을 감싸 쥐고 있었는데 눈물로 얼룩진 얼굴이 아니었다. 오히려 별처럼 빛나고 있었다. 마리아는 그 소리를 듣고 심장이 얼어붙는 것 같았다. 잠시 후 눈곱이 잔뜩 낀 두 눈을 감았다가, 마치 갓 태어난 아기처럼 다시 천천히 눈을 떴다. 그리고 마치 갓 태어난 아기처럼 언니를 부르며 울부짖기 시작했다.

나흘 후, 딱 나흘째 되던 날 오빠의 벗, 그 성스러운 남자가 마을에 나타나 마르타는 연기를 해야만 했고, 아니야, 아니야, 아니야, 라고 말하며 죽은 오빠를 위해 눈물 없는 울음을 울어야 했다. 당신이 여기 계셨다면, 하고 그에게 말했는데 그건 다른 말이 도무지 떠오르지 않아서였다. 당신이 여기 계셨다면. 하지만 그런 말이 조의를 표하는 말이나 기도하는 말만큼이나 우스운 소리라는 건 잘 알고 있었다. 지나간 일은 지나간 일이다. 지금은 지금이다. 그때 오빠의 벗, 그 성스러운 남자가 자기를 무덤에 데려다 달라고 했고 그래서 데려다줬더니 거기서 그는 무릎을 꿇고 마치 어느 집 현관에서 집주인을 부르듯 죽은 이의 이름을 불렀다. 마치 무덤의 돌문 안쪽에 자신을 부르는 그 소리를 들을 살아 있는 누군가라도 있는 것처럼.

마르타는 그 아둔한 모습에 어깨를 한 번 으쓱하고는 집으로, 해방된 여동생과의 파티로, 삶으로 돌아갔다.

그날 밤, 마르타와 마리아는 저녁 식사로 양고기를 먹다가 쾅 하고 문이 닫히는 소리에 깜짝 놀라 펄쩍 뛰었다. 바람 때문일 것이다. 이 계절엔 바람이 지독하게 몰아칠 때가 있다. 마르타와 마리아는 다시 음식을 먹다가 문 쪽에서 신음 소리가 들려오자 고개를 들었고, 누가 손으로 문을 밀듯 문이 움직이는 것을 보았다. 문이 열렸다.

처음에는 파리 떼가 들어왔고 이어서 죽은 오빠가, 구역질 나는 냄새를 풍기며 들어왔다. 입을 열었다 닫았다 하는 것이 마치 그녀들의 이름을 부르는 것 같았으나, 이가 다 빠진 그의 입에서는 아무런 소리도 새어 나오지 못했고 다만 구더기들만 기어 나왔다.

알리

알리 아가씨는 이상했다. 얼마나 이상한지 넓은 아량을 갖추기까지 했다. 아가씨는 우리에게, 이른바 유통 기한이 지난 음식이나 헌 옷 같은 것을 준 게 아니었다. 그녀는 우리에게 좋은 것을 주었다. 그녀가 먹고 입는 것과 똑같은 것을. 물론 그녀의 옷은 우리에게 너무 크긴 했지만 그녀는 우리에게 자기 옷을 주기 전에 치수를 줄이려고 수선을 맡기기까지 했다. 그리고 여행에서 돌아올 때면 우리가 자기 밑에서 일하는 여자들이 아니라 마치 자기 친척이라도 되는 것처럼 우리에게 새 옷, 지갑, 화장품 등 이런저런 선물들을 사다 주었다. 알리 아가씨는 그랬다. 장을 봐 오라고 할 때도 우리에게 뭐가 먹고 싶냐고 물었는데, 그녀의 말에 의하면 어떤 음식은 우리가 좋아하지 않을 수도 있고,

또 맞지 않는 음식이 있을 수도 있으니까 묻는 거라고
했다. 우리는 전에 한 번도 그런 걸 생각해본 적이 없
었다. 주인 여자들은 무엇이든 자기를 위한 걸 주문했
고 우린 군말 없이 그냥 먹어야 했다. 어쨌든 그녀는,
예를 더 들자면, 우리가 슈퍼마켓에 갈 때 아예 지갑을
넘겨주곤 했다. 그렇게 우리 손에, 지갑을 넘겨주다니.
다시 말하면 그녀는 이상했다는 건데, 좋은 뜻으로 이
상했다. 아이고, 알리 아가씨, 아가씨는 정말 최고예요,
우리는 입을 모아 그렇게 말하곤 했다. 다른 집에서 일
하는 여자들은 우리에게, 자기네 사모님들은 이미 시
든 과일이나 살짝 맛이 간 수상쩍은 고기, 검게 변해
머리카락에나 바를 수 있을 것 같은 아보카도, 굽이 떨
어진 구두나 가랑이가 해진 바지, 오래되어 수분층이
분리된 로션을 자기들에게 준다고 이야기했다. 그러니
까, 쓰레기 같은 것들을. 그래도 똑같이 말한다. 고마
워요, 아가씨, 네, 아주 예뻐요, 아주 맛있네요, 아가씨.
게다가 퇴근할 때는 지갑과 가방을 검사했고, 누가 팬
티 속에 먹을 거라도 숨겼을까 봐 가끔은 치마 속까지
검사하기도 했다. 그러고는 당신들이 그런 도둑이 아
니라면 우리도 이렇게 경찰처럼 굴면서 이 모든 성가

신 일들을 하지 않아도 될 거라고 말했다. 그런 말들을 하면서 뭔가 숨긴 건 없는지 허리 아래를 더듬거나 바지 위로 다리를 훑거나 바닥에 소지품과 지갑을 다 꺼내놓게 했다.

다른 여자들은 부러움에 이렇게 말했다. 그러니까 뚱보 아가씨는 진짜 좋은 사람이야, 안 그래? 뚱뚱한 사람들이 최고라니까. 나도 뚱보를 만났으면! 빼빼 마른 여자들은 정말이지 너무 불쌍해. 게다가 성질도 더럽지. 어떻게 하면 살을 뺄 수 있을까 그런 궁리만 하고 살잖아, 살 빼는 약도 먹고. 마를레네, 내 약 어디 있지? 여기 있어요, 아가씨. 알약에는 도대체 뭐가 든 걸까? 미친 여자처럼 걸어, 그 여자, 게다가 두 눈만 툭 튀어나온 게 꼭 올빼미 같달까. 아유, 내가 모시는 여자는 가끔 모임 약속이 잡히면 며칠 동안이나 생수랑 다이어트 치즈밖에 안 먹어, 좋은 아침이에요, 아가씨, 하고 인사하면 내 눈을 뽑아버릴 것 같은데, 아침 인사를 안 하면 또 안 했다고 그렇게 하겠지. 내가 모시는 여자는 먹은 걸 토해. 패밀리 사이즈 피자 한 판에 초콜릿, 감자튀김을 시켜놓고 방문을 걸어 잠가. 그리고 전부 먹어치우는데, 조금 있다가 들어보면 토하고 또

알리   145

토하고 계속 토하는 소리가 들려. 불쌍한 카리나, 청소하는 여자거든, 그 토한 걸 다 치우는 건 카리나 몫이지, 고맙다는 말이든 뭐든 듣지도 못할 거고. 아니 그런데, 그래도 우리에게 월급을 주시는 분들 아니니? 얼마 안 되는 돈이라도, 월급을 준다고. 그런데 그 집 할머니 할아버지들은 일하는 여자들에게 돈을 주지 않아, 자기들이 그냥 우리들 주인인 줄 알잖아, 주인. 시골에서 일하는 여자들을 데려가면서, 부모들이 선물로 내준 것처럼, 자기들이 먹고 자게 해주니까 이렇게 인사하는 게 당연한 것처럼. 감사합니다, 주인님, 하느님이 축복해주실 거예요, 만수무강하세요. 소냐는 맨날 술에 취해 있는 여자 밑에서 일했었잖아, 술 마시고, 약 먹고, 종일 자다가 깨어나면 화를 내고 애들 앞을 막아서는 소냐를 때리기까지 했지. 그리고 소냐를 쫓아냈을 때 소냐가 얼마나 울었는지 몰라, 왜냐하면, 에휴, 소냐가 애들을 엄청나게 좋아했거든, 애들도 많이 울었다더라고, 가지 말아요, 소냐 이모, 우리만 여기 혼자 남겨두고 가지 말아요, 소냐 이모. 갓난애는 엄마한테 버려진 것처럼 그렇게 울었대, 가슴 아프지, 소냐가 그 아기한테는 진짜 엄마였으니까. 그래, 그런 일들이 여기 바로 옆에서, 이런 곳에서 벌어져. 바로 이런 고급 주택지, 호숫가에 자리한 고급 주택지에서. 그집 아저씨는 정부에서 요직을 맡고 있다던가, 시장이랑 같이 일한다던가, 아무튼 그래. 어쨌든 그 여자, 친구들이랑 있을 때는 또 어떤지. 모든 게 완벽하고, 눈부시게 아름답지, 꿈에 그리는 모습처럼. 그 호호 웃는 웃음, 알지? 다들 입을 가리고 말이야. 그런데 그 얼굴들 말이야, 다 가짜지, 무슨 쓰레기 같은 걸 볼에 주입했는지 다들 놀란 얼굴처럼 볼이 빵빵한 게 그 여자들 무슨 플라스틱 인형 같아, 눈은 너무 커다랗고 입술은 두꺼비 같고. 그렇게 부어오른, 추하디추한 얼굴을 하고 걸어 다녀, 꼭 누가 저주라도 건 것처럼 말이야. 그런데 그 여자들은 그런 데에 큰 거 몇 장씩은 쓴다니까. 파티가 열릴 때면 웨이터들을 고용하는데 꼭 흰 면장갑을 끼게 하지. 그들의 갈색 피부가 자기들의 흰 식기에 닿는 게 싫어서 그러는 게 분명해, 그리고 우리들 1년 치 월급도 넘는 식탁보를 깔아. 테이블 위엔 파스텔 톤의 생선회가 가득하지. 그리고 집 안을 온통 꽃으로 꾸며. 자기들은 향수로 아주 목욕을 하고. 토한 냄새를 숨기려면 그래야 하겠지. 며칠 동안이나 침대에

알리   147

누워만 있을 때 밴 더러운 침대 시트와 잠옷 냄새, 구린내, 생리혈 냄새, 방귀 냄새. 파티에선 아무도 그녀들을 그렇게 보지 않아, 누구든 그녀들에게 가야 할 때는 조심스레 다가가지. 아가씨? 남편분께서 전화하셨는데, 자리에서 일어나셨는지 궁금해하십니다. 그렇다고 하세요, 지금은 화장실에 있다고. 아무도 방해하지 못하게 하세요, 미레야. 그리고 기사님과 함께 가서 아이들을 집으로 데려와 밥 챙겨 먹이겠어요? 그리고 제발, 여긴 들어오게 하지 마세요. 알아들으셨죠? 아이들은 이제 더 이상 엄마에 대해 묻지 않아. 처음에는 엄마를 찾았지만 이제는 그냥 아이들끼리 부엌으로 가지. 그리고 너한테 이야기를 풀어놓아, 축구에 대해, 시험에 대해, 여자 친구들, 남자 친구들에 대해, 뭐가 잘되고 있고 뭐는 잘 안되고 있는지에 대해. 뭐든 머릿속에 떠오르는 것이나 가슴속에서 나오는 말들을 하는 거야, 너도 역시 아이들에게 네 이야기를 하고 그러다 보면 결국에는 마치 친자식들 같은 거야. 그들은 그렇게 부엌에서 자라, 일하는 사람과 밥을 먹으며, 그러다 어른이 되지, 그리고 이제는 너를 많이 사랑한다는 게 이상하게 느껴지지, 마음속 깊은 곳에서는 너야말로 진짜 엄마라고 생각하지만 말이야. 그러다 하루는 널 보면서, 어릴 적 넘어졌을 때처럼 울음을 터뜨리고 네게 달려가 품에 안겨야 할지 아니면 고개만 까딱하고 인사해야 할지 몰라 하지, 왜냐하면 그 아이들은 이제 이 상류사회의 신사 숙녀가 되었으니까. 그리고 그런 사람들은 일하는 사람들에게 인사할 때 포옹하거나 볼에 키스하지 않는다는 걸 아는 나이가 되었으니까.

뚱보 아가씨는 좋은 엄마였어, 그때?

그럼. 알리 아가씨는 마지막 순간 직전까지 정말 훌륭한 엄마였어. 그러다 머릿속이 다 뒤엉켜버린 건지 그때부터는 좋은 엄마가 될 수 없었지, 더 이상. 마티에게조차 가까이 다가가지 못했고, 건드리지조차 못했어. 우리는 믿을 수가 없었지, 그 어린 아기가, 신이 주신 선물 같은 그 아이가, 곱슬곱슬한 금발에 동그란 얼굴을 가진 천사 같은 그 아이가 그녀에게 달려가 안기려고 했을 때 그녀가 이상하게 변해버린 목소리, 마치 쥐라도 밟은 사람처럼 너무나 날카로운 목소리로 비명을 지르며 우리를 불렀거든. 생명의 위협이라도 느낀 것처럼. 작은 아기 때문에. 자기 아기인데. 큰아이 알리시타는 언제나 똑똑하고 예리하고 생기가 넘치는 소녀였어. 커다랗고 푸른 눈동자는 모든 것을 이해하고 있다는 느낌을 주었지. 그 여자아이 눈빛은, 어찌나 강렬한지 사람 속을 훤히 꿰뚫어 보는 것 같았다니까. 알리시타가 제 엄마에게서 뭔가 안 좋은 걸 봤나 봐, 단번에 엄마가 이상하다는 걸 알아차렸거든. 딱 한 번 보고. 그 아이는 더 이상 엄마가 있는 방이면 어디든 들어가지 않았어. 엄마가 있다는 생각 자체를 더는 하지 않는 것 같았어. 놀 때도 혼자 놀고, 어린 남동생을 혼자 맡아 돌보는 모습이 어린 여자애가 벌써 고아가 된 것 같아서, 걔를 보고 있으면 가슴이 찢어지는 것 같았다니까. 동생 옷도 자기가 입히고, 바보같이 울지 말라고, 이제 너도 어른이 되어야 하지 않겠냐고 심각한 얼굴로 동생에게 말하고. 그리고 그 젊은 양반, 그래, 그 젊은 남편 말이야, 그도 정신이 나가버린 뚱보 아내를 위해 할 수 있는 건 다 했어, 물론 매일 출근했지, 고급 주택지에 사는 다른 아저씨들처럼. 매일 아침 8시 정각, 모두들 우리가 다려준 셔츠와 바지를 입고 사륜구동 자동차를 타고 집을 나서잖아. 아, 그 얼굴, 영혼이 조각난 것 같은 슬픈 얼굴. 그 역시 이미 홀아비가 되었다고 느꼈지, 애들 엄마가 미쳤으니까. 알리 아가씨는 정신이상, 광증이 시작된 후 손님방에서 지냈고, 우리에게 침대로 먹을 걸 가져다 달라고 했어. 남편도 거의 안 보고 지냈지. 집에서 마주치기라도 할 때면 그에게 당신은 뭐냐,라고 했고, 그가 포옹이라도 하려고 하면 밀어내면서 그 쥐 밟았을 때 내는 비명을 지르고는 손님방으로 들어가버렸어. 그러면 남편은 밖에 남아서 한참을 아무것도 못 하고 멍하니 서 있었지, 가끔은 문에 손을 짚고서. 우리는 그가 불쌍해서 마음이 아팠어. 아니 모두가 우리 마음을 아프게 했지, 정말로. 알리 아가씨 몸에서는 악취가 나기 시작했어, 가엾은 아가씨. 마티는 밤에 잠을 제대로 자지 못했고. 알리시타는 말이 없어졌고 젊은 양반은, 잘은 모르지만 밤늦게까지 일에 매달렸어. 그리고 우리에겐 늘 감사합니다, 감사합니다, 인사를 했지. 알리 아가씨의 엄마, 테레사 여사가 찾아왔을 때가 정말 끔찍했지. 아가씨를 억지로 목욕시키고 손톱을 잘라주고 제모를 해주고 옷을 빨아주고 방을 환기시켰어. 그럴 때마다 그녀의 비명이 주택지 전체에 울려 퍼졌지. 테레사 여사의 운전기사가 와서 알리 아가씨를 일으키는 걸 도왔는데 그 남자가 등장하자 마치 악마라도 본 것처럼 광기 어린 발작을 일으켰어. 모두를 할퀴고 물어뜯고 울고불고 난리였지, 알리 아가씨가 그 남자를 보더니 미쳐 날뛰기 시작하는데 꼭 공포에 질린 황소 같았어, 성난 백 킬로의 거구가 그렇게 날뛰니까 말이야. 결국 욕실로 데려가기 위해 그녀를 묶어야만 했지. 운전기사가 돌아가고 나니까 그제야 알리 아가씨는 조금 진정되는 것 같았어, 우리도 그 이유를 알겠는데 왜 어머니면서, 테레사 여사는 그걸 모를까 몰라, 왜 항상 아가씨한테 올 때 남자를 데려오냐고. 우리는 운전기사건 정원사건 유리창 청소부건 슈퍼마켓에서 장을 대신 봐 오는 심부름꾼이건 알리시타의 수영 강사건 그 어떤 일하는 남자도 알리 아가씨가 깨어 있을 땐 집에 들어오지 못하게 했는데. 왜냐하면 성인 남자만 나타나면 무슨 일이 벌어지는지 이미 여러 번 봤으니까. 알리 아가씨, 무슨 일이에요? 무슨 일이에요? 무슨 일 있었어요? 처음엔 그렇게 계속 물었지, 그런데 발작이 시작되면 그녀는 가끔 우리가 무슨 말을 하는지도 모르더라고. 또 어떤 때에는 이런 말만 반복해, 문을 닫아, 잘 땐 꼭 문을 잠가, 딸 방문 좀 닫아줘, 문 잘 잠그고, 아무도 내 딸 방문 열쇠를 갖고 있으면 안 돼, 잘 잠가야 해, 이렇게 말하고는 자기 방 잠금장치를 한 백 번은 확인하더라고. 그런데 그녀의 어머니는 아무것도 몰라. 신이시여, 저희를 용서해주소서, 그 어머니는 눈먼 장님 같아, 그리고 비정해. 알리 아가씨랑은 말도 잘 안 나눠. 그냥 다리 상태만 보러 오는 거야, 그냥 와서 다리는 어떠냐고만 묻는 거지, 아니 아무리 바보라도 아가씨 무릎은, 수영장에서 바보같이 넘어져 다쳤던 무릎은 아가씨 문제 중에서 제일 사소한 거라는 걸 알 수 있을 텐데, 몇 병이고 진통제만 계속해서 주더라고, 다른 의사들은 처방해주지 않으니까 한 의사한테서 계속 처방받아서. 우리들은 부엌에서 다른 의사를 찾아봐야 한다고 말하곤 했어, 머리 쪽 의사, 미친 사람들 돌보는 의사. 그런데 누가 일하는 여자들 말을 듣겠어? 아가씨는 이제 예전의 그 아가씨가 아니었고, 점점 더 심해졌지. 그게 보이는 사람은 우리밖에 없는 것 같았어. 다리 아픈 게 문제가 아니라고요, 어째서 자꾸 다리 얘기만 하는 거지? 왜 그들은 아픈 다리만 보는 거지, 그놈의 다리, 다리, 다리. 다리는 많이 좋아졌다고, 그런데 그녀는, 그녀는 누구지? 그녀는 아이들과 함께 침대에서 피자를 먹으며 영화를 보거나 함께 그림을 그

리거나 고무찰흙을 가지고 놀거나 즉흥 연극 놀이를
하거나 분장 놀이를 하거나 우리들 모두를 데리고 나
가 햄버거를 사주는 사람이었어. 그녀는 식물을 키우
고 자기 아이들처럼 색색깔의 시리얼로 아침을 먹고
마티가 자는 모습을 바라보고 그러다 우리에게, 이렇
게나 예쁜 것을 내가 만들어냈다는 게 상상이 되세
요?라고 말하곤 했어. 그녀는 자기 남편과 아이들에게
서 필사적으로 도망치고 있는, 괴물처럼 살이 쪄서 냄
새를 풍기고 하루에도 마흔 번씩 자물쇠를 열었다 잠
갔다 하는 그런 여자가 아니었어. 아니지, 그건 우리
알리 아가씨가 아니야. 하루는 아가씨 아버지 리카르
도 씨가 연락도 없이 찾아왔어. 우리가 문을 열어줬더
니 딸을 찾기에 손님방에 계신다고 말해줬지. 커피를
한잔 달라고 해서 부엌으로 갔는데 그때 현관문이 쾅
닫히는 소리가 들렸어. 우리가 아가씨 방으로 달려갔
더니 아가씨가 거기 있었어. 두 눈은 접시만큼이나 휘
둥그레져서 한 손으로는 침대 시트를 목까지 끌어올려
움켜쥐고 있었고 한 손으로는 손톱 가위를 들고 있었
어. 문 쪽을 겨누고 있었지. 어깨에서부터 팔 끝까지
덜덜 떨면서. 아가씨? 소리를 지르기 시작했어. 가라고 해요, 가라고, 가라고. 누구요? 아가씨 아버지요? 벌써 가셨어요, 예쁜 아가씨. 가라고. 문 좀 닫아줘요, 제발, 다시 못 들어오게. 문이란 문은 다 닫고 자물쇠를 채워요, 애들한테 못 가게 해요, 알리시타 근처에는 얼씬도 못 하게 해요, 나는 다 보여, 나는 다 보여, 다 들려, 내가 다 안다고. 뭘 안다는 거예요, 아가씨? 뭐가 보여요? 갑자기 아프다고 소리를 지르기 시작했어. 어디 아파요, 예쁜 아가씨? 어디요? 가위 든 손은 계속해서 문 쪽을 겨누고 있었어. 그리고 그 일이 벌어졌어, 정말 순식간이었어. 가위를 쥐고 머리카락 있는 데부터 아래턱까지 죽 그어버린 거야. 그렇게 많은 피를 본 건 처음이야. 우리 아가씨 얼굴은 썰어놓은 생고기처럼 속살이 훤히 드러나 있었어. 운전기사 비니시오가 비명 소리를 듣고 달려왔어. 우리는 그녀를 차에 태워 병원에 데리고 갔어. 가는 길에 남편에게 전화를 했지. 아이고, 어떡하니, 그 젊은 양반. 우리는 집으로 돌아와 아이들과 함께 수술 소식을 기다렸어. 알리시타는 엄마에 대해 하나도 묻지를 않더라. 단 한 마디도. 사고가 났다고 우리가 말해줬는데도 우리를 쳐다보지도 않았어. 아가씨 상태는 더욱 나빠졌어. 얼굴에 감긴 붕

대를 못 견디겠는지, 상처를 보고 싶은 건지, 틈만 나
면 붕대를 풀려고 해서 손에도 붕대를 감아놓고 거울
을 다 치워야 했지. 아가씨 어머니의 친구들에게 들은
얘긴데, 의사들이 말하길 아직 상처를 직접 보는 건 좋
지 않고 우선은 치료를 계속 잘 받아야 한대, 그다음엔
성형수술을 해야 한다는 거야, 상처가 너무 보기 흉하
고 자줏빛 흉터가 도드라지게 남았으니까, 게다가 그
흉터가 얼굴 전체에, 이마에서부터 목까지 죽 그어져
있으니까. 그리고 의사들은 한쪽 눈알이 파열되지 않
은 게 기적이라고도 말했대. 어머니 친구들은 또 그 사
고에 대한 얘기도 했어. 무의식중에 일어난 사고라고
했어. 비몽사몽간에 벌어진 사고라고, 아가씨는 어릴
적부터 늘 몽유병이 있었다고. 몽유병이라니. 우리에
게는 아무도 무슨 일이 있었던 거냐고 묻지 않았어, 왜
냐하면 누군가 우리에게 물었다면 우리는 아가씨가 직
접 가위를 쥐고 얼굴에 꽂고서 아래로 죽 그었다고, 마
치 얼굴을 지워버리고 싶기라도 한 것처럼 그어버렸다
고, 그리고 분명 아가씨는 멀쩡히 깨어 있었는데 아버
지가 그녀의 방에 왔다 간 뒤 아버지를 극도로 무서워
했고 아이들을 그에게서 떼어놓으라고 했다고, 처음부

터 가위로 찌르고 싶었던 대상은 그 남자였다고 말했
을 거야. 하지만 모두들 몽유병이라고 했고 일하는 여
자들 의견은 중요하지 않았으니까 우리는 그저 알리
아가씨에게 빨대로 음식을 먹이는 일과 베개를 정돈하
는 일과 아가씨가 편안하고 조용히 있을 수 있도록 돕
는 일과 아이들과 남편, 고통받는 영혼 같은 그녀의 남
편을 돌보는 일과 알리 아가씨가 키우던 식물에 물을
주는 일과 하루하루 마음이 메말라가는 알리시타를 애
정을 담아 보살피는 일을 묵묵히 해나갔고, 전화가 오
면 받아서 네, 사모님, 좋아요, 아니요, 지금은 주무시
고 계세요, 네, 테레사 여사님, 오늘은 좀 나아졌어요,
네, 점심 드셨죠, 당근 퓌레요, 네, 사장님, 네, 여긴 걱
정 마세요, 저희들이 있잖아요, 천만의 말씀입니다, 안
녕히 계세요, 네, 사모님, 그렇게 전할게요,라고 대답
하는 일을 계속했어. 어머니 테레사 여사가 오면 알리
아가씨는 벽 쪽으로 돌아누워버렸고 가끔은 그 자세로
오후를 다 보내곤 했어. 여사님은 혼자 오면 심심할까
봐 그랬는지 친구들을 데려오곤 했어, 자기 딸이 사람
들 오는 걸 싫어하는 게 분명했는데도 말이야. 아가씨
는 이불을 머리끝까지 뒤집어쓰고 가만히 누워만 있었

알리   157

어, 마치 흰 천을 덮어놓은 시체처럼. 우리들은 쉬지 않고 커피를 내리고 물잔을 갖다 나르고 다이어트 콜라를 내가고 과자를 내가고 백화점에 있는 카페에 디저트를 주문했지. 테레사 여사의 친구들은 자기들이 찾아와 수다나 떨고 남들 험담이나 하는 게 알리 아가씨에게 좋을 거라고 믿기라도 했나 봐. 그런데 우리가 가끔 아가씨 방에 들어가보면 말이야, 아가씨가 꼼짝도 안 하고 비참하게 누워만 있어, 마치 줄 묶인 짐승처럼. 또 어떤 때는 붕대를 감지 않은 얼굴 한쪽에 눈물 자국이 가득했지. 사모님들이 다 돌아가고 나면 어찌나 살 만하던지. 그런데 헤어스프레이 냄새, 향수 냄새 때문에 집 전체를 환기해야 했어. 입을 벌렸다 오므렸다 하면서 숨 쉬는 우리들 꼴이 마치 입을 뻐끔거리면서 숨을 쉬려고 애쓰는 올챙이들 같았지. 집은 끈적한 액체로 가득 찼다가 마침내 비워진 것 같았어, 집이 마치 요상한 물고기들로 가득 찬 어항이었던 듯. 매니큐어를 칠한 손톱들, 미용실에서 한껏 꾸민 머리, 금으로 된 액세서리들. 드디어 간 거야. 그제야 원래 모습으로 돌아갔지. 알리 아가씨는 이불 속에서 기어 나와 우리에게 디저트 남은 게 있으면 좀 달라고 했어. 디저트를 같이 먹으며 함께 웃다 보니 우리 알리 아가씨를 되찾은 기분이었어, 갑자기 겁에 질려 우리 손을 붙들고 이렇게 말하기 전까지는. 현관문은 잘 잠겨 있겠지? 알리시타 방도? 우리는 네, 그럼요, 그렇게 말하고 아가씨의 떡 진 머리를 쓰다듬었고 아가씨는 우리더러 그 아이를 잘 보살펴주라고 말한 뒤 잠이 들었어. 그리고 그녀의 첫번째 악몽이 시작됐지. 이후 그녀는 수많은 악몽에 시달렸는데, 악몽 속에서 사람들이 그녀의 옷을 다 벗기려고 하더래. 악몽 속에서 누군가 그녀가 하기 싫은 일을 억지로 시켰고. 악몽 속에서 그녀는 모든 방의 문에 자물쇠를 채웠고. 그러면 악몽 속에서 꼭 열쇠 꾸러미를 든 성인 남자가 나왔대. 그때쯤이었어, 남편이 아이들을 자기 엄마네 집으로 데려간 것이. 알리 아가씨와 알리시타가 함께 있을 때 그 일이 벌어졌거든. 사실 우리는 알리 아가씨가 이상한 짓을 하려고 했던 게 아니라고 지금까지도 믿고 있어, 자기 딸을 도와주려고 했던 거라고, 가르쳐주려고 했던 거라고, 하여튼 남편이 집에 돌아왔을 때 욕실에서 알리 아가씨와 홀딱 벗은 딸이 성인 남자의 성기처럼 생긴 플라스틱으로 된 뭔가를 가지고 있는 걸 본 거야, 그녀의 남편이 눈이 뒤집혀서는 그녀에게 소리치고 그녀를 때리고 그녀에게 이런 미친년 뭐 하는 거야 이런 미친년, 미친 뚱보, 멍청한 년, 더러운 년, 정신병원에 집어넣을 거야,라고 했고 그녀는 그냥 가만히 울기만 했어. 옆집에서 일하는 여자들이 그날 일을 듣고 얘기해줬어, 그날은 우리가 없었거든, 일요일이어서. 어쨌든 그래서 남편이 애들을 한밤중에 잠옷 차림 그대로 자기 엄마네 집으로 데리고 갔어. 알리 아가씨는 그저 고개만 푹 숙이고 있었고. 아가씨 어머니가 와서 같이 지냈는데 아가씨는 입을 닫고 더는 아무 말도 하지 않았어. 우리랑만 있을 때에나 가끔 눈을 뜨고 알리시타의 안부를 물었어. 우리가 알리시타는 잘 지낸다고 하면 우리에게 딸을 보게 해달라고 부탁하곤 했지. 그러고는 울음을 터뜨리곤 했는데 그러면 어머니가 우리에게 약을 먹이라고 시켰어. 어머니의 의사 친구가 약을 줬거든, 눈이 풀린 채 침만 질질 흘리게 만드는 약. 우리는 아가씨가 그냥 우는 것이 낫지 않나, 알리 아가씨는 평생 울어도 모자랄 만큼 울 일이 많아 보였으니까, 그렇게 생각했는데 어머니 생각은 달랐는지 무슨 사탕 먹이듯 약을 먹였어. 시도 때도 없이. 우리는 아가씨의 그런 모습을 보는 게 마음이 아팠어, 괴물처럼 변해가는 모습을. 얼굴을 가로지르는 상처는 보랏빛 애벌레 같았고, 살이 쪄 몸집이 어마어마하게 불었고, 눈빛은 맛이 간 채로 침을 흘리고 있었는데 깨끗해 보여야 한다며 어머니가 흰 가운을, 미국에서 사 왔다는 흰 가운을 입혀놓았지. 그렇게 시간은 흘러갔어. 몇 달이 지났지. 크리스마스가 되었어. 그래, 크리스마스. 최악은 이제부터야. 알리 아가씨는 그날 상태가 좀 좋아 보였어, 아침에 일어나 부엌으로 가서 시리얼을 먹고 나더니 우리에게 선물을 사러 가고 싶다고 말하더라고. 그래서 우리는 아가씨가 아이들과 남편을 되찾고 싶은가 보다 생각했지. 우리는 기분이 좋아져서 잠시 그녀를 혼자 두고 백화점에 갈 때 입을 옷으로 갈아입으러 자리를 비웠어. 돌아왔더니 그녀가 욕실 문을 잠그고 들어가 있는 거야. 물소리가 오래도록 났어, 너무 오래 걸린다 싶을 정도로. 알리 아가씨? 문을 두드렸어. 아가씨? 열쇠를 가지러 갔다 왔더니 욕실 앞에 아가씨가 목욕 수건을 두르고 그냥 서 있더라고, 길게 늘어진 젖은 머리가 등에 딱 붙은 채로. 우리에게 미소 지으며 이렇게 말했어. 무슨 일 있어요? 그날 백화점은 아주

북새통이었어. 여기저기서 들려오는 캐럴 소리, 아이들이 왁자지껄 떠드는 소리, 하여튼 사람들로 바글바글했어. 우리는 걱정이 좀 됐어, 알리 아가씨는 외출을 하지 않은 지가 몇 달은 됐으니까. 그런데 다리를 조금 저는 것과 몸집이 굉장히 크다는 것만 빼면 저 여자 무슨 이상한 일 있는 것 같다고 말할 사람은 아무도 없었어, 사람 사는 게 다 그렇지 뭐. 안 그래? 사람들을 겉모습만 보고는 그들의 집 문 안쪽에서 무슨 일이 벌어지는지 알 수는 없는 법이니까. 도착한 지 얼마 안 돼서 아가씨가 우릴 보더니 소중한 사람들한테 줄 아주 중요한 선물을 몇 개 사야 하는데 선물을 미리 보여주고 싶지가 않으니 잠시만 따로 다니자고 얘기했어. 모든 게 다 괜찮아 보였어. 그녀는 우리에게 윙크하며 미소 지었고, 자기 지갑을 챙겨 들고 운동복에 빨간 러닝화 차림으로 우리에게서 멀어졌어. 그냥 평범한 젊은 여자처럼 보였어, 우리가 알던 예전의 그 알리 아가씨, 뭔지는 몰라도 우리에게 뭔가 사주려고 백화점 5층으로 올라가곤 하던 그 알리 아가씨. 그녀가 엘리베이터를 타는 모습이 보이고 크리스마스 노래가 들리니까 정말 그 모든 끔찍한 일들이 이제 다 끝난 것만 같았지, 그녀는 다시 자기 아이들의 엄마, 자기 남편의 아내로 돌아갈 것이고 이런 게 정말 기적이구나, 아기 예수의 기적이구나, 하긴 우리가 정말 많이 기도하긴 했으니까. 그리고 하느님은 가난한 사람들을 더 사랑하셔서 가난한 사람들의 기도를 더 잘 들어주신다고들 하니까, 빌어먹을 가난도 뭔가에 도움이 되긴 하는구나, 알리 아가씨를 되찾는 데 도움이 됐구나, 그녀가 꾸는 악몽들을 끝장냈구나, 모두의 악몽은 이제 끝났구나. 5층에 있는 카페의 난간에서 고개를 내밀고 있는 그녀를 보는데 그 순간 우리는 알았어, 설명할 수는 없지만, 뭔가가 그냥 네게 말해주는 것 같을 때가 있잖아, 그렇게 그냥 바로 안 거야, 어떤 끔찍한 일이 일어날 것이라는 걸. 여기저기서 동시에 비명이 터져 나왔고, 몸이 박살 나는 소리가 들렸어, 마치 유리와 자갈과 살덩어리가 가득 담긴 자루가 떨어진 소리 같았어, 으스러진, 형체도 없이 녹아버린 것 같은 알리 아가씨의 두개골에 또 비명을 질러댔지, 몸속 깊은 곳으로부터 끌어올려진 비명, 칼에 베인 것 같은 비명, 심장에서, 허파에서, 위장에서 나오는 비명. 알리 아가씨는 사지가 벌어진 채, 마치 몸속에 뼈 대신 솜이 가득 찬

알리

아주 거대한 인형처럼, 그렇게 사람 같지 않은 모습으로 그곳에 놓여 있었어. 우리는 그 자리에 얼어붙어 한손으로 입을 막은 채 꼼짝 않고 서 있었어, 의사들이 올 때까지, 경찰들, 남편, 테레사 여사, 리카르도 씨가 올 때까지. 그리고 누군가 우리를 잡고 흔들었지, 빨리 집으로 가서 사람들 맞을 준비를 하라고. 무슨 일이 일어났는지, 왜 일어난 건지 알고 싶어 미치겠는 사람들이 금방 집으로 들이닥쳤고 테레사 여사는 손수건을 꼭 쥐고서 이렇게 말했지, 사고였다고, 끔찍한 사고였다고, 바닥이 젖어 있었다고, 알리는 기우뚱거리다가 그만, 다들 알잖아, 무릎이 좋지 않았다는 거. 그런데도 외출하겠다고 고집을 피운 거야, 알리는 훌륭한 엄마였으니까, 테레사 여사의 친구들이 그럼, 그럼, 하고 맞장구를 쳤고, 테레사 여사는 알리가 아이들에게 선물을 사주고 싶었던 거라고 말했어. 친구들은 아이고 무서워라, 사고라니, 아이고 불쌍한 것, 이렇게 말했어. 하지만 테레사 여사가 방을 나가자 한 사람이 휴대폰으로 '백화점에서 여자 자살'이라는 제목의 뉴스를 보고 다른 사람들에게 읽어줬어, 사람들은 반지가 가득한 손으로 입을 막고 눈은 휘둥그렇게 뜬 채 그 얘길

들었지. 또 다른 사람은 이 집안에 이상한 일들이 있다고 낮은 목소리로 얘기했어, 남매 사이에, 아버지랑 딸 사이에. 다른 사람들이 거칠게 그녀의 입을 막았어, 그런 바보 같은 소리 입에 담지도 말라고. 장례식 때 묘지에서 일하는 여자는 관 위에 놓을 흰 장미꽃을 알리 아가씨가 사랑했던 사람들에게 나눠주고 있었어. 그런데 그녀가 우리 쪽으로 왔을 때 우리는 건너뛰더니 커다란 검은색 선글라스를 낀 우아한 차림의 아주머니들에게 장미꽃을 주더라고, 한 번도 본 적 없는 사람들인데. 장례식 다음 날 알리 아가씨의 아버지 리카르도 씨가 우리에게 백 달러씩 줬어, 이번 달 일한 날만큼의 일당이라고, 그 말뿐이었어. 그리고 테레사 여사는 우리가 떠나기 전에 지갑과 가방 검사를 했어, 우리가 뭐라도 훔쳤을까 봐. 검사하지 않은 곳에다 아가씨 결혼반지랑 정말 예쁜 손목시계랑 한 번도 쓰지 않은 진주 목걸이를 챙기기는 했지. 테레사 여사는 우리에게 잘 가란 말도, 고맙다는 말도 하지 않더라. 그녀 뒤에서는 알리시타가 커다랗고 푸른 눈, 아주 또랑또랑한 눈, 그리고 겁먹은 눈으로 우리를 바라보고 있었어. 바로 그 눈, 제 엄마랑 또오옥 닮은 눈.

코로

말을 해야 할 때가 있고 행동을 해야 할 때가 있다. 이 여자들은 오래전에 행동하기를 그만두었다. 험담은 마치 유령처럼 그들의 안방을 드나든다. 바닥에 카펫을 까는 건 이제 유행이 지나서, 도자기 타일 바닥에는 손목시계, 핸드백 금속 장식, 프렌치 매니큐어, 위협적으로 보일 정도로 흰히 드러난 하얀 치아의 빛이 비친다. 볼 키스, 칭찬들, 볼 키스, 칭찬들. 누가 살이 쪘나, 늙었나, 누가 옷을 못 입었나, 아래위로 훑어보는 시선. 그 시선의 주인은 보통, 같은 사람이다. 마리아 델 필라르, 애칭은 필리, 그녀의 새집은 사람들이 그녀에게서 기대한 모든 걸 갖추고 있다. 거대한, 에어컨이 완비된, 모노톤의 실내 장식을 갖춘, 비싼 집. 아마 이 집이 좀더 크겠지만 다른 여자들의 집도 큰 건 마찬가지다. 그렇다 해도 다들 집을 한 바퀴 둘러본다. 콩가 리듬에 맞춰 노래 부르듯 찬사의 말을 늘어놓으며 페인트 냄새, 새집 냄새가 나는 방들을 돌아본다. 전부 미국에서 사 왔다는 새하얀 순면 침구들과 회색 줄무늬가 들어간 침구들, 패션 카탈로그 같은 옷방, 그리고 거울 두 개, 세면대 두 개, 변기 두 개, 욕조 두 개가 있는 널찍한, 은혜로운 욕실.

"새집에 축복 의식은 치렀어?"

그 질문에 마리아 델 필라르, 그러니까 필리는 기분이 썩 좋지 않다. 지금은 칭찬의 말들이 거품처럼 더 끓어올라야 할 순간, 바로 자신의 순간이라고 생각해서, 그녀는 베로니카 쪽으로 몸을 돌리고 아주 천천히, 아니, 아직 안 했어,라고 말한다. 그렇게 말하는 그녀의 입가에는 누가 화난 얼굴 위에 미소 짓는 입꼬리만 덧칠해놓기라도 한 것처럼 딱딱한 미소가 남는다. 베로니카는 축복 의식을 치르지 않은 새집은 세례를 받지 않은 아기와 같다고, 악마의 눈*에 약해서 액운이 들 거라고 말한다. 모두가 자신을 경멸하듯 보고 있다

* 질투나 시기가 담긴 시선을 뜻하는 말로, 해를 입히거나 질병, 죽음 등의 불행을 가져온다는 믿음이 있다.

는 걸 눈치챈 베로니카가 한 걸음 물러선다. 아니 나는 그런 거 믿지는 않아, 알잖아. 하지만 사람들이 그런 말을 한다고. 그녀는 '그런'이 '고런'으로, '말을 한다'가 '말을 헌다'로 들리는 길거리 억양을 흉내 내어 발음한다. 모두가 웃고, 놀리고, 길거리 억양을 흉내 내는 베로니카를 흉내 낸다. 아니 그러면, 베로니카 말에 따르면 말이야, 너는 문에다가 알로에를 한 다발 걸고 붉은 리본을 달아야겠네. 말편자도 걸어야지. 그래, 그리고 한쪽 옆에는 나쁜 정령들을 비추는 중국 거울도 놓고. 또 팔로산토*를 태워서 연기 — 길거리 억양으로 '여언기' — 를 피워야지. 집 밖을 향해 비질도 하고. 코끼리라도 데려오지 그래. 하얀 초들을 켜둬. 그리고 바닥에 아과르디엔테†를 뿌려. 미니 분수대 하나랑 불상

---

* '신성한 나무 막대'라는 뜻을 가진, 태워서 연기를 피우면 향이 나는 작은 나무 막대. 고대로부터 라틴아메리카 원주민들이 카리브해 및 남미 북부 해안에 서식하는 나무인 유창목을 태워 그 향과 연기를 치유와 정화를 위해 사용한 데서 유래했다.

† '불타는 물'이라는 뜻을 가진 단어로, 스페인어권에서 도수가 높은 증류주를 총칭하는 말이지만 콜롬비아나 에콰도르에서는 특정한 종류의 독주를 가리킨다. 콜롬비아에서 아과르디엔테는 향신료 아니스를 첨가한 사탕수수로 만든 증류주를 가리키며 독특한 향이 난다. 에콰도르의 아과르디엔테는 콜롬비아의 것처럼 독특한

을 놓아두지 그래. 입구에 초로 제단도 만들어야지. 그리고 향— '햐앙' —을 피워. 손목에다가는 조약돌을 단 붉은 리본을 꼭 묶어, 베로니카가 악마의 눈으로 널 흘겨볼 테니까, 쟤 거의 반은 마녀인 거 안 보이니? 마녀이면서 반쪽짜리인 거지.

베로니카도 같이 웃는다. 학교 다닐 때 이후로 바뀐 게 없다. 피부가 가장 갈색인 여자아이, 외국 혈통이거나 혈통을 알 수 없는 아이, 이혼한 부모의 딸, 여동생과 방을 같이 써야 하는 아이. 그러니까 확실히 그들과는 다른 아이, 그리고 그런 아이는, 자리 하나 얻으려면 뭐든 해야 한다. 광대 노릇이든 충직한 하수인 노릇이든, 사체를 먹이로 하는 청소동물의 역할이든. 상것들—그 상것에는 당연히 그녀 자신이 포함되어 있어야 하고—이 쓰는 말 같은 것들로 다른 여자아이들에게 웃음을 주는 일은 기본이다. 그건 귀족적인 것들과는 멀수록 좋다는 뜻이고 뭐든 나서서 도와줄 준비—일하는 여자들이 부족할 때 친구의 집안일마저도 해야 할 준비—가 되어 있어야 한다는 것이며, 정

향은 없지만 역시 사탕수수로 만든 증류주이다. 두 나라에서 아과르디엔테는 한국의 소주처럼 흔하게 마시는 대표적인 술이다.

말 정말 중요한 역할로는, 선택된 희생자를 제일 먼저 토막 내는 역할이 있다. 그렇다, 이름과 성을 입에 담는 사람은, 언제, 누가, 어떻게 무엇을 했는지를 말하는 사람은 그녀여야 한다. 다시 말하면 썩은 피로 얼굴과 손을 더럽히는 역할, 먹잇감—아는 사람, 지금 자리에 없는 다른 여자 친구—의 가죽을 벗기고 내장을 꺼내는 역할. 다른 여자들이 새끼손가락을 치켜든 채, 이쑤시개로, 먹기 좋은 날것의 입방아거리를 쪼아 먹을 수 있도록.

깔보는 태도를 가장한 그들의 불안은 조금 우스꽝스러운 데가 있으나 그들 자신은 그것을 알지 못한다. 그녀들은 한 명씩 말로 찢고 씹은 뒤 리넨 손수건으로 입을 싹 닦는다. 바람을 피운 누구, 혼외 자식, 커밍아웃하지 않은 게이, 성형수술을 받은 누구, 파산한 남편, 갑자기 살이 확 찐 누구까지, 피가 다 빠져 도자기 타일 바닥에 완전히 텅 빈 가죽만 남을 때까지 그들을 물고 놔주지 않는다. 그리고 나서야 그녀들은 그를, 또는 그녀를 에어컨이 완비된 거실마다 쌓여 있는 시체 더미에 던져 넣는다. 그리고 다음 희생양으로 넘어간다. 이것을 커피 타임이라고, 집들이라고, 생일 파티라고,

수영장 파티라고, 밤마실이라고 부른다. 이것을 모임
이라고 부른다.

그녀들은 자기 자신은 보지 못하는데, 만약 볼 수 있
다면, 만약 실제로 육신에서 빠져나와 자신을 바라보
는 것이 가능한 일이라면, 새하얀 소파에 앉아 호화로
운 물건들에 둘러싸인 채 슈퍼마켓에서 만나면 애정
을 담아 인사를 건네곤 하는 여자를, 남편의 가장 친한
친구를, 남자애처럼 행동하지 않는다는 자기 자식들
의 반 친구를 그렇게 뜯어 먹는 모습을 보고는 분명 혀
를 자르게 될지 모른다, 아니 반드시 잘라야 할 것이고
그렇게 자르고 나서는 자른 혀를 카카오 말리듯 잘 말
려 목에 걸고 다녀야 할 것이다. 썩어빠진 스스로의 모
습을 기억하게 하는 목걸이 장식. 하지만 모든 건 전과
다름이 없다. 사람들은 자신을 볼 수 있는 능력이 없고
바로 그것이 모든 공포의 근원이다.

베로니카는 언제나 이 집단에 조건부로 받아들여지
던 사람, 털이 많이 난 갈색 피부의 팔을 가리기 위해
늘 긴소매 옷을 입는 사람, 방학 때면 다른 사람들처럼
프랑스어를 배우러 1만 킬로미터 떨어진 기숙 학원에
들어가지 않고 할머니 할아버지 댁에 가 있었던 사람,

종종 같은 원피스를 여러 번 입는 사람이었다. 두세 번의 서로 다른 파티 사진에서 같은 원피스를 입은 그녀를 모두가 보았고 그에 대해 별다른 말은 없었지만 매번 같은 옷을 입는 사람은 집단 안에서 어떤 임무를 맡는다는 걸 모두가 알고 있었다. 모두를 즐겁게 해주기 위해 노력해야 하는 임무. 지금, 이 밤의 사정은 조금 복잡한데, 백화점에서 뚱보 여자가 자살한 후 몇 달이 지났지만 딱히 새로운 소식이 없기 때문이다. 동창의 임신 얘기, 그 아기의 아빠가 누군지에 관한 얘기, 몇 년 동안이나 둘이 내연 관계였다는 얘기, 아내만 불쌍하지, 그런데 정말 바보 아냐, 모두가 그 사실을 알고 있었잖아, 이런 얘기를 이미 지칠 때까지 했고, 복습까지도 다 끝났으니 이제 모두가 불안해지기 시작해 천장만 바라본다. 왜냐하면 다른 사람에 대해 할 얘기가 없다는 건 다들 자신에 대해 말해야 한다는 뜻이고 안뜰과 수영장과 마당까지 이미 집을 다 구경시킨 마당에, 피부와 머릿결과 샌들과 조카가 만들어줬다는 예쁜 목걸이와 훈제연어파이의 맛까지 칭찬하고 나면, 할 만한 얘기가 별로 남아 있지 않으니까.

누군가 그 침묵을 깨야 한다. 기껏해야 몇 초 정도

지속될 침묵이지만 마치 목구멍에 대양의 바닷물이라도 억지로 부어 넣은 것처럼 목이 꽉 막혀 답답하기만 하다. 말하면 안 될 것들, 모두가 그런 것을 갖고 있는데, 그중 어떤 것이 새어 나갈지 모른다. 게다가 침묵이 좋지 않은 이유는 생각할 여지를, 이렇게 오후에 함께 모여 여자 친구들끼리 시간을 갖는다는 것은 다른 사람을 썰고 토막 내는 일이라는 것, 그런 뒤 도막 낸 그를 자기 눈앞에 울타리를 쳐 가두고 그의 더러운 부분을 들여다보는 일이라는 것, 그리고 지금 바로 이 행위, 다음 희생자를 찾는 일은 수십 개의 문, 금속이나 호두나무 목재로 만든 양쪽으로 열리는 거대한 문들 너머에서 똑같이 벌어지고 있을 것이라는 사실에 대해 생각할 여지를 주기 때문이다. 정확히 똑같이 벌어지고 있다. 다른 집들의 거실에, 아마도 네 이야기를, 바로 너를 떠올리고 있는 다른 여자들이 있다. 너의 이름을 입에 올리는 다른 여자들이 있다.

나티비다드 코로소, 다른 이름으로는 코로 ─ 어떤 고용주가 이름을 붙였는지, 얼마나 오래전 일인지 누가 알겠냐마는, 나티비다드라는 이름이 고용주 마음에 들지 않았고 그래서 이런 제길, 알 게 뭐야, 내 사람이잖아, 그냥 내 마음대로 부를래, 하며 붙인 이름—가 마치 도마뱀붙이처럼 신중한 걸음으로 거실로 들어온 다. 그녀와 같은 몸집과 너비를 가진 여자에게는 있을 수 없는 걸음걸이다. 자연의 법칙에 맞지 않는 이런 몸 짓은 몇 년, 몇십 년에 걸친 집안일 때문이라고밖에는 설명할 수 없는데, 마치 옛날 중국 소녀들에게 작은 신 발을 신겨 발의 성장을 막고 발을 망가뜨렸던 풍습인 전족처럼, 오랜 집안일이 그토록 이상한 변형을 일으 켜 나티비다드 코로소 같은 정말 몸집이 큰 여자를 투 명인간으로 만든 것이다. 어쨌든 그녀는 마리아 델 필 라르에게 다가가 귓속말로 무슨 말인가 한다. 마리아 델 필라르는 뭔가 참기 힘들다는 듯 후 하고 숨을 내 뱉고는 지갑을 가져오라고 한다. 그러고 나서 여자 친 구들에게 양해를 구한다. 남편이 일당을 안 주고 갔나 보네, 당연하지, 급하게 나갔으니까, 그는, 다른 일 생 각에 빠져 있었으니까, 그 사람이 늘 그래, 코로가 지 금 바로 가야 하나 봐, 뭐 왜인지는 난 잘 모르겠네. 미 안, 얘들아, 고용인들 문제라서. 코로가 돌아온다. 전형 적인 아프리카계 외양에 거친 천으로 만든 흰 유니폼 을 입고 있는데, 유니폼 디자인 또한 별로 좋지도 않은

코로

코로

코로   175

것이 가슴 부분은 활짝 트여 있고 골반과 엉덩이는 꽉 끼어 터질 듯하고 허리 부분은 온 둘레에 주름이 잡힌다. 30년 넘게 남의 집 가사를 돌보며 그 어떤 사모님도 벗기지 못한 유일한 것은 그녀가 머리에 쓰는 빨간 두건이다. 그녀는, 다 사모님을 위한 거예요, 라는 말로 포장하지만 거의 협박이나 다름없다. 에이 아가씨, 머리카락이 빠져서 그런 거예요, 가끔 제가 요리를 할 때 말이죠, 두건을 쓰지 않으면 제 이 검디검은 머리카락이 냄비에 떨어질 거라고요. 물론 코로의 머리카락은 빠지지 않는다.

마리아 델 필라르가 잔돈이 없어서 모두가 돈을 바꿔주려고 지갑을 샅샅이 턴다. 결국 잔돈은 없다, 모두가 하나같이 큰 액수의 지폐만 가지고 있고, 그게 그렇게 웃겼는지, 그들은 배꼽이 빠지도록 웃고, 코로는 절반의 급료만을 손에 쥔 채 감사합니다 아가씨, 잘 들어가세요, 인사를 주고받고 한 달에 한 번 쉬는 주말을 보내러 집으로 돌아간다.

코로가 나가자 모두가 그녀에 관해 이야기를 한다, 이상하지는 않아? 그러니까 집 안에서, 어떻게 말해야 할까, 저렇게 새까만 흑인 여자가 일한다는 게? 냄새가 다르지는 않아? 흑인들은 우리랑 냄새가 다르잖아, 저 두건 쓰니까 진짜 사람 좋은 아주머니 같기는 하다, 제미마 아주머니랑 닮았어, 팬케이크에 뿌리는 시럽 브랜드 있지, 그 시럽 통에 그려진 흑인 아주머니 모델 있잖아, 그나저나 마리아 델 필라르는 요즘 사람이구나, 일하는 여자들이 액세서리 하는 것도 뭐라고 안 하고, 잘 어울리는걸 뭐, 이국적이잖아, 월급은 얼마 주니, 아이고 우리 집 일하는 여자한테 내가 더 주고 있잖아, 아, 나를 물로 본 거네? 그럴지도, 아, 참, 요즘엔 일하는 여자들도 노조에 가입해야 하고 휴가, 병가, 뭐 그런 때 전부 다 돈을 줘야 한다며, 그런데 내가 안 된다고 말을 못 해, 그들도 인간이니까 그렇다는데, 어떻게 그럴 수 있지? 어떻게 그렇게 돈을 다 퍼 줘? 이미 충분히 받잖아. 그럼. 많이 받지. 이제 우리한테 발 마사지라도 해달라고 할 판이야. 커피 마시게 쉬는 시간도 달라고 하겠지. 안 되지, 그럴 순 없지, 안 그래? 일하는 여자들에게 돈 갖다 바치려고 우리가 일을 해야 하나? 공정하지가 않아, 일하는 여자를 데리고 있다는 건 일하는 여자가 필요하니까 그런 거잖아, 나도 우리 집에서 일하는 여자한테 얼마나 잘해주는데, 옷 주지,

애들 옷까지 주지, 먹을 거 주지, 방 내주지, 세면용품 다 주지, 사실 뭐 다 주는 거지. 그런데 나한테는 누가 그런 걸 주지? 아무도 안 줘. 나한테는 공짜로 뭐 주는 사람 아무도 없는데 나는 주고, 주고, 또 주고만 있단 말이지. 그래, 맞아, 더구나 우리는 일 하나 시킬 때마다 사람을 더 쓴다고, 이 일 저 일 다 시키는 게 아니잖아, 우리도 인간적인 건데, 나도 다림질하는 사람, 애들 돌보는 사람 따로 있다고. 그 여자들 참 버릇이 나쁘게 들었어. 너희 집 여자도 봐, 예쁜 유니폼까지 입혀줬더니 살만 뒤룩뒤룩 쪄서 옷이 여기저기 다 터지고 말이야.

안뜰의 센서등이 깜빡이고 누군가 했던 얘기를 또 한다. 누구 얘기인지는 모르겠는데 어쨌든 자기네 집에서 일하는 여자 중 하나가 낮잠을 자고 있는 걸 발견하고는, 얼굴에 물을 한 컵 뿌렸는데도 그 여자가 잠을 깨기는커녕 돌아눕더니 5분만 더 자겠다고 했다는 이야기. 신경 쓰이네 저거, 센서등이 너무 민감한 거 아냐, 계속 깜빡거리잖아, 여기 벌레가 그렇게 많은가, 동물이 많은가, 쉴 새 없이 깜빡깜빡, 잠을 잘 수가 없다니까. 아마 다들 저런 문제 겪어봤을걸, 끔찍하다니까. 등은 꺼졌다가 잠시 후 다시 켜진다. 일곱 번이나 반복되니 나가봐야 할 것이다. 칵테일의 취기와 예기치 않은 모험에 다들 배꼽을 쥐고 웃으며 밖으로 나간다. 나가서 무엇 때문에 센서등이 자꾸 켜졌다 꺼졌다 하는지 보려고 한다. 마리아 델 필라르는 수영장에 뜬 낙엽을 건져내는 데 쓰는 뜰채를 집어 창을 쥐듯 거꾸로 잡는다. 모든 것이 우스꽝스럽기만 하다. 통굽 샌들에, 새하얀 리넨 상하의를 세트로 갖춰 입고, 손가락에는 반지를 잔뜩 낀 채 뜰채를 무기처럼 쥐고 있는 모습이라니. 누군가는 사진을 찍는다. 끝이 뾰족한, 이상한 꼬리 같은 것이 지그재그로 움직이다가 잔디 속으로 숨는다. 쥐가 있어. 구렁이야. 이구아나야. 쥐. 이구아나. 구렁이. 마리아 델 필라르는 그게 무슨 생명체건 간에 뜰채로 목을 딸 기세로 잔디밭을 휘젓는다. 뱀이든 벌레든 어서 기어 나오라고. 하지만 아무것도 나오지 않는다. 재미없어. 갑자기 저쪽에서 무언가 움직인다. 다들 사냥꾼이 되어 달린다. 줄을 지어 쫓아가는 여자들의 모습을 위에서 내려다본다면 붉은 개미들의 행렬처럼 보일 것이다. 쫓던 무언가가 일하는 여자의 방으로 뛰어들었다. 그녀들도 따라 들어간다.

코로

처음으로 느껴지는 것은 냄새다. 그곳에서는 오래된 낡은 동전의 냄새, 곰팡이 냄새, 낡은 가죽들이 쌓여 있는 가죽 공방 냄새, 습기를 머금은 열대 지방의 옷장 냄새, 그런 쉰내가 난다. 그 방은 정말 옷장이나 마찬가지다. 창문도 없고 크기도 딱 버스만 하다. 변기는 침대와 너무 가까이 붙어 있고 하트 무늬가 박힌 샤워 커튼으로 공간을 분리해놓았을 뿐이어서 똥을 싸는 사람과 잠을 자는 사람이 서로 손을 잡을 수도 있을 것 같다. 왼쪽 벽에는 병아리 사진이 있는 달력이 하나, 오른쪽 벽에는 틀 없는 거울이 하나 걸려 있고, 천장에는 갓도 없이 알전구만 하나 매달려 있다. 그들의 '투어'에 여기까지 들어와보는 것은 포함되어 있지 않았지만, 흥분된 감정이 그들을 아이처럼 만들었고, 서로 한마디 말도 없이, 그들은 전에는 되어본 적 없는 존재가 되어보기로 한다. 타인이 되는 것. 서랍을 열어 코로의 옷, 나티비다드 코로소의 옷을 꺼내 자기 옷 위에 걸쳐 입고, 누군가는 베개를 바지 뒤쪽에 넣어 커진 새 엉덩이를 흔들며 춤을 추고, 또 다른 이는 빨간색 티셔츠를 집어 들더니 머리에 두건처럼 만들어 쓴다. 모두가 코로를 흉내 내며 사진을 찍는다. 이쪽에 있는 여자는 입술을 문지르고 저쪽에 있는 여자는 비질하는 시늉을 하고 또 다른 여자는 거울을 닦고 가짜 엉덩이를 단 여자는 흑인 여자 흉내를 내는데, 그녀 머릿속 흑인 여자 흉내란 이런 거다. 두 손을 골반 위에 올리고는, 일당을 제대로 주세요, 이제 주말이고 신나게 춤도 추러 가야 하고 코코넛도 먹어야 해요. 이 모든 게 얼마나 우스꽝스러운지.

모두가 이리저리 움직이는 와중에 털이 많은, 커다란 벌레 같은 것, 타란툴라 거미 같은 것이 바닥으로 떨어진다. 모두가 비명을 지르며, 밀고 밀치면서 밖으로 나온다. 술에 취한 여자들이 기겁을 하고 뛰는데 동시에 웃고 있기도 하다. 코로의 옷, 나티비다드 코로소의 옷을 벗어 바닥에 던지고, 수영장에도 던지고, 당연하다는 듯, 베로니카—베로니카는 팔짱을 낀 채 밖에 남아 있었다, 저들이 하는 짓에 끼고 싶지 않았으니까, 아니면 망을 보려고 그랬는지도—도 수영장에 던진다. 웃음소리는 이제 원시적인 울부짖음 같다. 베로니카가 숨을 쉬려고 물 밖으로 나오려는데 그들 중 하나가 베로니카의 머리를 다시 물속으로 집어넣는다. 익사시키려는 건 아니고 재미있으니까 그러는 것이다.

센서등은 조그마한 두 눈처럼 보이는 붉은 표시등과 함께 쉼 없이 켜졌다 꺼지길 반복한다. 야자나무는 흔들리는 제 그림자를 물 위에 드리운다. 괴물들이 수영장에서 헤엄치는 것만 같다. 멀리서 소리가 들려온다, 클럽에서는 파티가 열리고 있고 이제 신나는 트로피컬 리듬이 울려 퍼지는 시간이다. 모든 것들이 이 짓궂은 장난에 힘께하는 듯 보인다. 수영장 바닥에서는 베로니카가 아까 보았던 꼬리, 그 검고 날카로운 꼬리가 여과 장치 안으로 들어가는 것을 본다. 베로니카가 숨을 쉬려고 물 밖으로 머리를 내밀 때마다 누군가 머리를 물속으로 밀어 넣는다.

마리아 델 필라르는 뜰채를 들고 가사도우미의 방으로 다시 가 바닥에 있던 거미 같은 것을 마구 내리치기 시작한다. 천장에 매달린 알전구가 막대에 맞아 왼쪽에서 오른쪽으로, 오른쪽에서 왼쪽으로 춤을 추듯 흔들린다. 거미는 아마 벌써부터 죽어 있었겠지만, 서른 번은 내리쳤으니 이제 죽은 것이 확실하다. 그 동물을 죽이면서 그녀는, 이런 걸 해보는 게 처음이구나, 뭔가를 죽이는 것—늘 아버지나 일하는 여자들이나 남편의 몫이었던 일—이 처음이구나, 하고 생각한다. 하지만 아버지는 돌아가셨고 일하는 여자는 집으로 돌아 갔고 남편은, 그녀가 분명히 알 만한 어떤 여자와 도대 체 어디서 뒹굴고 있는지 누가 알겠나. 하지만 당신이 어떤 사람이든 무언가를 죽이는 데에는 별다른 것이 필요하지 않다. 단지 그 일을 해낼 커다란 용기만 있으 면 된다. 남편이 다리를 벌리고 앉아 있는 장면, 그 여 자가 남편의 성기를 빠는 장면과 그 소리, 펠라티오 소 리, 첨벙첨벙, 그 필사적으로 빨아대는 소리와 함께, 먼지 냄새와 뜨거운 촛농과 썩은 레몬의 냄새, 그리고 틀 없는 거울에 비친 병아리 달력 사진과 붉게 충혈된 난폭한 얼굴, 분노로 일그러진 자신의 얼굴 이미지가 모두 함께 뒤섞인다.

바깥에서는 여자들이 놀고 있다. 베로니카는 헤엄을 치려고 하지만 그들은 베로니카를 가두듯 에워싸고 있 다. 수가 많아서 수영장의 귀퉁이마다 빠져나갈 틈 없 이 지키고 서 있다. 자, 가자, 네 쪽으로 간다, 거기 조 심해, 놓치지 마. 센서등은 마치 취조실 불빛처럼 강력 한 힘을 가진 듯 느껴지고, 센서등이 그렇게 금속성 소 리를 내며 나갔다, 들어왔다, 나갔다, 들어왔다 하고 첨벙첨벙 소리가 계속되는 와중에 베로니카의 신음,

코로 183

이제 그만, 친구들아, 장난 아니야,라고 하는 것 같은 소리는 잘 들리지 않는다.

마리아 델 필라르는 뜰채의 막대로 결국 알전구를 박살 내고야 말았고 휴대폰 불빛을 켜 죽은 거미를 비춘다. 누군가 베로니카의 머리를 다시 수영장 물속에 처박던 그 순간, 마리아 델 필라르가 비명을 지른다. 모두가 뛰어가니 마리아 델 필라르가 공포에 질린 얼굴로 손에 든 무언가를 보고 있다. 금발의 머리카락으로 만든 인형, 그녀의 금발로 만든 인형인데 붉은 리본이 묶여 있고 리본에는 그녀의 이름이 쓰여 있다. 친구들이 인형을 빼앗아 변기에 넣고 물을 내린다. 그녀를 안아주고 그녀를 위로한다. 마녀니 저주 의식이니 하는 거, 다 거짓말이라고, 그런 거 믿지 말라고, 바보같이 왜 그러냐고, 그런 거 전부 다 일하는 여자들이나 하는 이야기라고. 마리아 델 필라르가 목 놓아 운다. 인형을 쳐다봤더니 인형도 자기를 쳐다봤다면서.

바보 같은 소리 말아, 필리.

모두가 밖으로 나간다. 그들은 집 안으로 다시 들어갈 것이고, 칵테일을 더 마실 것이고, 이 일로 다시 웃고 떠들 것이다.

단두대 같은 불빛이 번뜩인다. 수영장 물 위에는, 베로니카의 시체가 팔다리를 벌린 채, 둥둥 떠다닌다.

염소 Cl

귀뚜라미, 마른 잎들, 두꺼비, 종잇조각, 플라스틱 케
이스, 페트병, 담배꽁초, 물장군, 백로의 똥, 박쥐, 꽃,
또 수북한 마른 잎들. 가끔은 죽은 이구아나가 배를 까
뒤집고 물 위에 둥둥 뜨기도 한다. 십자가에 못 박힌
것처럼. 그들이 낚시를 한다. 그들은 그런 것들을 낚는
다. 가끔 어쩌다가 고개를 들면 진짜 낚시꾼들이 탄 배
가 보이고 진짜 낚시꾼들은 진짜 물―날것의 물, 길
들여지지 않은 물, 자유롭게 흐르는 물―을 휘저어
물고기를 낚는다, 쓰레기 말고. 그러나 이런 생각은 그
들의 머릿속에 들어오지 않는다. 그리고 강은 이 모든
것을 견딘다. 강물은 잿빛이 도는 갈색이고, 굉장히 더
럽다. 반면 수영장은 이런 진창 한가운데에서 흰담비
의 살결처럼 깨끗하다. 그러나 그게 무슨 소용인가. 힘

만 쏙 빼놓을 뿐 어차피 더러워질 것이다. 죽은 벌레를 마지막 한 마리까지 치우고 나서 돌아서기가 무섭게 마른 잎이 떨어지니 일이 끝나지를 않는다. 더럽다. 더러움에서 벗어나지를 못한다. 매일같이 염소를 뿌려 소독해야 한다. 국내산보다 살균력이 좋다고 해서 수입해 쓰는 미국산 염소 소독제. 염소 소독제 세 컵. 계량컵에 깎아서 꽉 채워 담기. 그들은 그 얘기를 스무 번은 반복해서 한 뒤 청소용품 보관실 벽에 안내문을 세 장 붙였다.

수영장 소독 시: 염소 세 컵. 계량컵에 '깎아서 꽉 채워 담기!'

누군가가 '깎아서 꽉 채워' 아래쪽에다 남자 성기 모양의 그림을 그려놓았다. 세 장의 안내문에 모두. 이 일을 할 때는 생각을 하면 안 된다. 생각을 하면 미쳐버릴지도 모른다. 그냥 일을 하고 하고 또 해야 한다. 이 옥빛의 수영장 물이 깨끗해질 리 없다고 해도. 이 물이 티 없이 맑은 물이 되는 일은 절대로, 결코, 절대로, 없다. 돌아서면 벌써 귀뚜라미 한 마리가, 꽃 한 송이가, 담배꽁초 하나가, 종이 한 장이, 꿀벌 한 마리가 떨어져 있다. 가끔은 죽은 새도 있다. 항상 쌍으로 날아다니던 노란색 작은 새들 중 한 마리다. 죽은 한 마리는 날개를 활짝 펼친 채 물 위에 떠 있고, 다른 한 마리는 수영장 가에서 종종거린다. 자연은 불완전하다.

수영장 구역의 청소를 하는 건 남자 셋이다. 아내들이 국내산 염소 표백제를 써서 손빨래한 흰색 유니폼을 입고 있는데, 손가락 마디마디가 다 벗겨질 정도로 문질러 빨고 옷을 희게 만들려고 아무리 햇볕에 널어 말려도, 결국 낡고 변색된다. 그러면 그들은 눈부신 유니폼을 새로 받지만, 그때마다 급여에서 조금씩 공제된다. 이 계절에는 수영장에서 수영하는 사람을 한 명도 볼 수 없음에도, 수영장은 늘 거울처럼 맑아야 한다. 관광객들이 머무는 호텔 창문에서 강과 함께 작고 푸른 눈동자 같은 수영장이 보이니까. 그리고 그곳에서는 남자 셋이 몇 시간이고 자신의 생업에 전력을 다하고 있다. 부질없이.

귀뚜라미, 마른 잎들, 사탕 껍질들.

이 나라들의 휴가철은 그런 대조적인 풍경을 가지고 있다. 한 사람은 커다란 침대 위에 구름 같은 목화솜 이불이 깔린 산뜻한 스위트룸에서 눈 비비며 테라스로 나가, 천상의 것 같은 새하얗고 사각거리는 리넨 식탁

보가 깔린 테이블 앞에서 아침으로 수난의 열매*라 부르는 과일 주스를 마시며 나른한 눈으로 저 멀리 끝없이 이어지는 기차와도 같은 강물을 감상할 수 있다. 이 나라들이 더럽다는 걸 그녀는 안다. 오는 길에 다 보았다. 진흙 범벅의 버스들, 동전을 구걸하는 소녀의 얼굴과 선글라스를 쓰고 있어도 차마 외면할 수 없는 소녀의 시선, 횡단보도 앞에서 신호를 기다리는 사람들이 입고 있는 세피아 톤에 가까운 먼지투성이의 옷, 인도에 움푹 팬 구덩이마다 가득 고인 썩은 물. 하지만 여기서라면 누가 그런 말을 하겠는가. 금박의 호텔 로고가 박힌, 눈처럼 하얗고 올이 촘촘한 가운은 꼭 얼음물에서 막 몸을 헹구고 나온 북극곰의 모피 같고 그 품속에서라면 모든 게 다 괜찮다는 환상 속에서 살아도 될 것 같다. 이렇게 티 없이 깨끗한 욕실 안, 포근한 눈 같은 수건은 유칼립투스 향이 은은하게 나는 곰 인형 같고 욕조는 아무도 사용하지 않은 새것처럼 보이며 아

---

* 스페인어로는 '마라쿠야'라고 하는 열대 과일. 다른 이름인 '프루타 델 라 파시온'(영어로는 패션프루트)의 뜻이 '수난의 열매'이다. 선교사들이 남미에서 이 식물을 처음 발견했을 때 꽃 모양이 예수의 수난을 상징하는 형상처럼 보인다고 해서 이런 이름을 붙였다.

름답고 티 없이 맑고 반짝반짝한 표면만을 비추는 거
울이 있는 그런 욕실 안에서라면, 세상의 종말을 생각
하기란 불가능하다. 모든 것이 제자리에 잘 정돈되어
있고 깨끗한 냄새, 쾌적한 냄새만 나서 신경안정제 같
은 건 필요하지도 않고, 발은 강아지 털 같은 카펫의
털 속에 잠겨 보이지도 않는 데다가 그 털은 어찌나 부
드러운지 거의 눈물이 나올 것만 같다. 여행 가방은 바
깥세상의 더러움을 끌고 들어올 것만 같아서 풀지 않
았는데, 가방 안에는 속옷, 잠옷 바지, 책 몇 권, 그리고
반쯤 남은 땀 냄새 제거제와 컨실러와 선크림과 이런
저런 안티에이징 제품과 카카오버터 립밤과 바이브레
이터가 든 비닐 파우치가 있다. 이것들 중 그 어느 것
도 이 방엔 어울리는 자리가 없다. 핸드폰 충전기도 있
는데, 저런 깨끗한 벽에 꽂으면 무슨 기다랗고 까만 내
장처럼 징그러워 보일 것이다. 안 된다. 이곳은 신세계
니까. 죄를 사하여 주는 곳.

　거울을 잠시 보다가 자기 얼굴이 비치는 곳을 손으
로 가린다. 기계 태닝을 하라는 말을 듣는 게 아니었
다. 얼굴에 얼룩이 생겼고 얼룩진 얼굴은 지금 자신을
둘러싼 세계에 걸맞지 않는다고 느낀다. 피부색이 진

주조개 같았던 자신, 순수 설화석고에 조각한 것 같았던 자신의 얼굴을 분명 기억하고 있지만, 지금 자신의 피부색은 당근색에 가까운 분홍색 마분지 색깔이다. 무슨 바보 같은 짓을 하고 있나 하는 생각이 갑자기 크게 들어 구역질이 난다. 빛나는 시절이 다 가고 나면 사람들은 어떻게 살아남는 거지? 그렇게 고독함이 밀려온다. 예전에 아름다움은 언제나 곁을 지키는 동반자였다. 훼손할 수 없는 단단한 외피이자 애정을 보장해주는 보증수표. 그 무엇도 아름다움에 저항할 수 없었다. 그게 바로 아름답다는 것의 의미이다. 누구도 네게 아니요, 라고 말하지 않는다.

테라스에 앉아 풀을 먹여 바스락거리는 냅킨을 무릎위에 깔고 가운을 조금 풀어 헤치니 허벅지가, 그을린 다리가 드러난다. 다리는 해파리처럼 흐물흐물하고 녹색 핏줄, 오래전부터 살갗에 고속도로처럼 그려진, 정말이지 보기 싫은 핏줄이 사타구니부터 발까지 길을 만들어놓았다. 그녀는 잡지나 스크린에 등장하는 때묻지 않고 자개처럼 무지갯빛으로 빛나는 그런 여자들과는 거리가 멀다. 그녀가 여전히 여자이긴 한 걸까? 접시 위에 놓인 별 모양의 과일이 흰 차양 아래에서 햇빛을 받아 빛나고 은빛 찻주전자도 반짝인다. 깨가 뿌려진 빵의 둥근 모양이나 찻잔에 따른 우유가 뱀처럼 구불구불한 무늬를 그리며 차와 섞이는 모습, 대팻밥 모양으로 잘린 버터, 살이 통통하고 알이 굵은, 붉은 핏빛 딸기 모두가 뭔가 비정상적으로 도드라지게 느껴진다. 입고 있던 가운을 활짝 열어젖히고 호스로 뿌리는 물줄기를 맞듯 햇살로 목욕을 한다. 따스한 햇살 말고 다른 감촉을 느끼기에는 이미 너무 늦었다. 아침 식사를 가져왔던 남자가 미소를 많이 지어 보였는데. 미소를 지었어. 어린이 극장에 나오는 작은 병정처럼 차려입은 갈색 피부의 남자. 머리를 살짝 숙여 인사하는 갈색 피부의 남자. 하지만 그는 그녀를 **마담**—할머니들을 부르는 방식으로의 **마담**—이라고 불렀고 그녀가 지폐를 꺼내기 전까지 그의 눈에는 욕망의 부스러기조차도 비치지 않았다. 그런 남자들에게까지 보이지 않는 것이다. 마지막 희망이라고 할 수 있는 그녀의 아름다움—외국인 여자, 흰 눈과도 같은 낯선 여자, 타자의 욕망을 충족시킬 아름다운 대상—이. 제대로 말하자면, 아름다웠었다는 것이다. 정확히 언제부터인지는 그녀도 모르지만 이제는 전혀 아니고, 당연히 다시

염소Cl

193

돌아갈 수도 없다. 이 나라들 중 어느 한 곳에 있을 때의 초콜릿색 피부의 연인이 떠오른다. 그의 탄탄한 엉덩이, 짙은 색 목재 같은 등판, 아이처럼 돌돌 말린 고수머리, 여기와 비슷한 다른 호텔의 새하얀 침대 위에 있던 그의 모습이 떠오른다. 스웨이드 가죽을 쓰다듬듯 한 남자의 살갗을 만지며 모든 걸 내려놓았던 행복한 순간들이 떠오른다. 또한 야수같이 네 발로 덤벼들던 그의 모습과 키스할 때의 두툼한 입술, 코카콜라 맛이 나던 혀도 떠오른다. 다리를 살짝 벌리고 자신을 만져보는데, 안이나 밖이나 다 말라 있다. 물도 없이 꽃병에 버려진 칼라꽃, 잿빛 암술과 꽃가루도 안 달린 수술만 남은, 비틀린 주름만 가득한 버려진 꽃. 그녀는 대칭형의 쟁반, 튜브처럼 길쭉하게 생긴 은으로 된 꽃병에 꽂혀 있는 싱싱한 장미 꽃봉오리, 잼과 버터가 담긴 조그마한 접시들, 고급스러운 도자기 찻잔을 하나하나 살펴본다. 물기가 있는 게 있나 하고 둘러보다가 가운뎃손가락을 버터에 쿡 찍은 뒤 배꼽까지 가져오다가 이내 후회한다. 손가락을 빨아 먹을까 생각하다가 리넨 냅킨으로 닦아내자 냅킨은 순식간에 더러워지고 만다. 기름으로 얼룩진 냅킨을 보자 메스꺼움이 느껴지고 더러운 냅킨, 더럽혀진 냅킨 말고는 도대체 다른 생각을 할 수가 없다. 냅킨을 테라스 난간 너머로 던지고 냅킨이 미끄러지듯 날아 수영장에 떨어질 때까지 지켜본다. 그리고 금지된 상상에 빠진다. 그녀의 품에 안긴 어린아이 하나, 남자아이든 여자아이든 그 아이가 그녀의 목에 매달려 떨어지는 냅킨을 가리키며 말하는 상상, 엄마, 엄마, 저것 봐, 갈매기야, 갈매기. 계속해서 금지된 상상에 빠진다. 초콜릿색 피부의 남자가 커피잔을 들고 와 그녀의 목덜미를 가볍게 주무른 뒤 아침 첫 커피를 마시며 그녀와 함께 강을 바라보는, 그런 상상.

저런 새하얀 스위트룸 안에 있을 때는 한 번도 가져본 적 없는 순간을 상상하지 말아야 한다는 걸, 30층 아래를 바라보지도 말아야 한다는 걸 기억해야 한다. 30층 아래, 세상의 기원, 불행한 세 남자가, 전망 엘리베이터를 타고 올라와 절망적으로 그녀를 사랑해주는 대신, 마지막으로 아직은 살아 있는 여자로서의 그녀의 육체를, 그녀의 맨살을 구석구석 남김없이 집어삼키듯 탐하는 대신, 결코 깨끗해지지 않을 수영장을 깨끗이 청소하는 곳. 그녀는 저 세 남자의 카니발리즘에 기꺼이 몸을 내줄 수 있는데. 하지만 저 세 남자는 지금은 분명 성적 욕구라고는 전혀 없는 눈으로 그녀를 바라볼 것이고 그녀의 지갑 속에 든 것에만 유일하게 욕망의 눈을 반짝일 테다. 그래도 그녀는 한 번의 포옹에 모든 걸 다 줄 것이다. 그러니 그런 마음이 들게 만드는 것들을 바라보는 것을 금해야 한다. 그런 것들. 어떤 행동은 무용하고 어떤 인생은 무용하다. 다른 사람들을 위한 수영장을, 매일같이, 매시간마다 얼룩이, 똥이, 쓰레기 쪼가리가, 십자가에 못 박힌 듯 사지를 벌린 이구아나 사체가 생길 수영장을 청소하는 세 남자. 잔 받침 위에 도자기 찻잔을 올려놓는 한 외국인 여자. 그녀의 가운이 흰 박쥐의 날개처럼 미끄러지듯 날고 뒤쪽으로 펼쳐진 강, 기차와도 같은 강물은 그 누구보다 오래 살아남아 흐를 것이다. 그리고 아래쪽에서는 세 남자가, 매일같이 그랬던 것처럼, 다시 한번 수영장을 티 없이 맑게 만드는 일을 맡을 것이다.

다른

오늘이 15일이라, 계산대 줄이 콩류 코너까지 길게 늘어서 있다. 너는 조금이라도 여유 있는 줄을 찾아 이리저리 다녀보지만 다른 사람들도 너와 똑같은 생각이라 별다른 수가 없다. 그냥 기다리는 수밖에.

슈퍼마켓 안에는 사람들이 너무 많아서 무료한 시간을 달래줄 비치된 잡지 하나 안 남았고, 할 수 있는 일이라곤 그냥 천장이나 쳐다보거나 손톱이나 쳐다보거나 다른 사람들이 뭘 샀는지 쳐다보다가 혼잣말을 하는 것 말고는 없다. "나라는 망해가는데 미국산 시리얼을 종류별로 세 가지나 살 수 있는 사람들이 있구나." 그러다 지루해서 죽을 것만 같고 카트에 화장지를 산더미처럼 담은 정신 나간 여자를 죽이고 싶다는 생각을 하다가 결국 너는 너의 카트를 보면서 뭔가 빠뜨린 것은 없나 생각한다. 뭔가 빠뜨렸다면 바보같이 똥개 훈련을 해야만 할 테니 생각만 해도 괴롭다. 빠뜨린 걸 집으러 다시 되돌아가야 할 것이고 그러면 계산대 줄의 네 자리를 잃을 것이다. 너는 우유나 섬유유연제 같은 뭔가를 깜빡 잊었다고 계산대 줄의 자리를 맡아달라고 할 수 있는, 다른 사람은 다들 하는 그런 걸 할 수 있는 성격이 아니다.

처음으로 네 눈에 보이는 것은 정어리 통조림이다. 회색빛 몸에 등이 푸른 생선 몇 마리가 기쁜 표정 — 물론 이제는 기쁠 리 없겠지만 — 을 짓고 있는 그림이 겉면에 인쇄된 빨간색 통조림 캔. '이 정도면 충분한가?' 스스로에게 묻는다. 그는 정어리 통조림에 유카*와 양파를 곁들여 먹는 것을 좋아하는데 최소한 일주일에 한 번은 먹는다. '어떻게 정어리를 좋아할 수가 있지?' 그렇게 속으로 말하며 동시에 너는 네 마음속 욕망을 이기지 못하고 주위를 살피며 감자칩 봉지

---

* 남미의 열대, 아열대 지방에서 많이 자라는 관목으로, 뿌리에 섬유질과 녹말이 풍부하여 남미의 많은 나라에서 대중적이고 기본적인 식재료로 쓰인다. 맛은 고구마와 비슷해서 삶아 먹기도 하고 감자튀김처럼 튀겨 먹기도 한다.

를 천천히 뜯는다. 슈퍼마켓에서 계산 전에 뭔가를 먹는 것은 전복적 행위이자 네가 스스로에게 허락한 유일한 것들 중 하나이다.

네가 스스로에게 허락한 유일한 것이다.

'이놈의 정어리가 도대체 왜 좋은 거지?' 너는 생각한다, '알루미늄 포일로 싼 것 같은 데다가 잔가시 때문에 입천장이 쓸리는데 말이야. 맛은 짭짜름한 진흙 같고.'

아이들도 자신처럼 정어리라면 질색하는데, 그는 정어리를 굉장히 좋아해서 늘 정어리 요리를 내놓기를 요구하니 너는 한 달에 네 캔씩은 꼭 사다 놓는다. 먹을 사람이 그뿐인데도, 그리고 정어리 요리를 하는 날엔 다른 식구들이 먹을 음식을 따로 해야 하는데도.

정어리 통조림 옆으로는 마치 수류탄 모양 같은 알카초파*가 고개를 내밀고 있다. '어째서 이런 사악한 것을 좋아하는 거지? 맛도 별로 없으면서 먹기는 번거로운데 비싸기는 또 어찌나 비싼지.' 그를 위해 너는 알카초파를 쪄서 치즈소스, 타바스코소스, 겨자소스와

---

* 영어로는 아티초크. 유럽 남부가 원산지인 국화과의 여러해살이풀. 성인 남성의 주먹보다 조금 큰 꽃봉오리를 서양 요리의 재료로 쓴다.

함께 내야 하고 그가 끝이 뾰족한 이파리들을 오물오물 다 먹고 나면—'입만 살아 있는 바람둥이 주둥이 같아'라고 너는 생각한다—접시를 다시 가져와 털이 있는 부분을 제거한 뒤—'백인 여자 성기 같아, 메스꺼워'—심장부를 다져서 소스에 버무린 뒤 다시 내가야 한다.

그는 그 심장부를 손으로 먹는다.

네 눈길은 이제 캔 맥주에 머무른다. 그가 퇴근하고 집에 돌아왔을 때 얼린 맥주잔—모든 게 그의 취향이다—과 함께 캔 맥주가 준비되어 있지 않으면 그는 아이들을 때릴 수도 있는 사람이다. 네가 아무리 애를 써도 아이들이 그 망할 맥주잔에 갖는 집착을 버리게 할 수가 없다. 애들은 맥주잔에 물을 담고 색색깔의 조그마한 장난감 물고기들을 잔 속에서 떠다니게 하는 것에 완전히 사로잡혀 있다. 하루는 후니오르가 그 잔으로 주스를 마시며 물고기들이 움직이도록 이리저리 흔들고 있는 것을 그가 보았다. 그는 아이 얼굴이 돌아갈 정도로 후려쳤고 오렌지주스는 사방으로 튀었다. 그건 장난감이 아니라고. 그건 **그의** 맥주잔이라고, 한 번만 더 그 잔을 가지고 있는 걸 보면 성냥불로 손가락을 태워버리겠다고.

"이렇게." 그는 종이 한 장을 집어 들고 라이터의 불꽃을 가져다 댔다. "다시 내 잔에 손을 대면 그 손을 이렇게 태워버릴 거다."

맥주잔은 씻어서 다시 냉동실에 넣어두어야 한다. 그가 5시 45분에 현관문을 열고 들어올 때까지. 딱 그 시간에 맞추어야지 너무 앞서도 안 된다. 딱 그 시간이어야지 너무 늦게 꺼내도 안 된다. 잔을 꺼내고, 캔 맥주를 딴 뒤 거품이 너무 많이 생기지 않도록 잔과 캔을 같이 기울여 맥주를 따라야 한다. 거품이 너무 적어도 안 된다. 네가 그것을 제대로 못 했다가는 병신, 머저리, 나쁜 년 소리를 들을 수 있다.

"이 병신, 맥주를 가지고 날 엿 먹이네. 일부러 그러는 거 다 알아, 네 인생에서 네가 좋아하는 일이라곤 날 엿 먹이는 것밖에 없잖아."

카트에는 또 **그의** 요거트가 있다. 바닥에 딸기잼이 깔린 바닐라 요거트 몇 개. 그는 보통 요거트를 제일 먼저 집어 **그의** 냉장고 냉동 칸에 손수 넣는다. 그리고 매일 밤 하나씩 꺼내, **그의** 등받이 조절 소파에 몸을 묻고 TV를 보며 먹는다. 그는 늘 개수를 센다, 요거트의 개수를 센다. 그러니 아이들, 단것을 한창 좋아할 나이의 아이들이 그중 하나라도 꺼내 먹는 날에는 네가 나서서 네가 먹었다고 얘기해야 하고, 너는 질리도록 잔소리를 들어야 한다. 눈을 내리깔고. 왜냐하면 눈을 내리깔지 않는 날에는, 아이고.

"나한테 지금 대드는 거야, 응? 지금 나한테 대드는 거냐고? 이런 망할!"

어떤 때는 시간이 몇 시건 너보고 가게에 다녀오라고 시킨다. 비가 내리든 말든. 너에게 벌을 주는 것이다. 네 것이 아닌 것에 손을 댔으니까. 아니지, 더 나쁘지, 그의 것에 손을 댔으니까.

너는 계속해서 카트를 살펴본다. 애들이 부탁했던 시리얼을 담지 못해 너는 마음이 아프다. 시리얼 상자를 담았다면 고기 살 돈이 부족했을 것이다. 그는 소고기 안심, 근막도 없고 지방도 없는 깨끗한 소고기 안심을 좋아한다. 소고기 안심은 비싼데도 그가 한 달 내내 1센타보*라도 더 주는 법은 없다. 너는 한 사람당 하나

* 중남미 여러 나라에서 쓰는 화폐 단위로, 각국 기본 화폐 단위의 100분의 1이다. 에콰도르에서는 미국 달러를 쓰기 때문에 1센타보는 1센트다.

씩 먹을 수 있게 국내산 시리얼을 작은 봉지로 세 개 담았고 싸구려 브랜드의 질 나쁜 생리대, 까끌거리는 데다 쉽게 부스러져 팬티에 보풀이 잔뜩 남는 생리대를 담았다.

하지만 너는 과티타* 요리를 만들 양곱창과 땅콩은 카트에 담았고, 그가 사무실로 가져갈 네슬레 커피메이트와 그가 차에서 쓸 크리넥스 티슈와 그가 볼 잡지 『에스타디오*Estadio*』와 그가 축구 경기를 볼 때 먹을 잠두콩 스낵과 그에게 음료수로 만들어주기 위해 과일 바데아†도 카트에 담았다. 바데아라니. 콧물같이 흐물거리는데 누가 그런 걸 좋아할 수 있는지 너는 도무지 이해할 수 없는 그것.

너는 이번에도 행사 상품으로 나온 샴푸를 샀다. 주방 세제로 샤워하는 기분이 드는 샴푸. 머릿결에 좋은 건 다른 제품이지만, 너는 한 번도 다른 걸 사본 적이 없다.

---

* 감자와 땅콩 등이 들어가는 양곱창 스튜. 에콰도르의 대표적인 음식이다.

† 패션프루트와 같은 속, 다른 종으로 길쭉하고 크기가 더 크다. 나라마다 지역마다 다양한 이름으로 불리는데 에콰도르, 콜롬비아, 베네수엘라에서는 주로 '바데아'라고 부른다.

네가 생각에 잠겨 있는 동안 계산대 줄은 줄어든다. 네 앞의 아주머니가 카트에서 마지막 물건을 꺼내놓는다. 아주머니는 네가 매달 이번에는 꼭 사야지 다짐하곤 하는 바로 그 샴푸, 염색 모발용 샴푸를 꺼내놓는다. 정어리 통조림 같은 건 없다. 알카초파도 없다.

아주머니가 너를 쳐다보고, 네게 미소 짓고, 컨베이어 벨트 위에 작은 막대를 올려놓는다. 그 작은 금속성 경계선이 아주머니가 산 것들과 네가 산 것들을 갈라놓을 것이다. 아주머니의 샴푸와 너의 샴푸를. 아주머니의 선택과 너의 선택을.

누군가 와서 빈 카트를 놓고 간다. 너는 그 빈 카트를 가져와 물건들이 수북한 네 카트 옆에 놓는다. 너는 그 카트로 옮겨 담기 시작한다. 정어리 통조림을, 맥주를, 양곱창을, 잠두콩 스낵을, 좆같은 알카초파를, 거지 같은 요거트를, 빌어먹을 커피메이트를, 콧물 같은 바데아를, 그리고 그 **망할 놈**의 바르셀로나 팀과 에멜렉 팀* 축구 선수들이 실린 잡지 『에스타디오』를.

---

* 에콰도르 프로축구 리그에서 역사상 가장 유명한 두 팀. 에콰도르 세리에 A 리그에서 바르셀로나 팀이 우승 16회와 준우승 13회, 에멜렉 팀이 우승 14회와 준우승 14회를 차지했다. 두 팀 모두

"저거 안 가져가시는 거예요?" 계산대 직원이 두번째 카트를 가리키며 네게 묻는다.

너는 그녀를 쳐다본다.

"아주머니, 저거 안 가져가시는 거예요?" 정어리 통조림이 반짝 빛나는 카트를 턱짓으로 가리키며 거듭 묻는다.

너는 고개를 가로젓는다.

그 여자가 남자 직원을 불러 카트에 담긴 물건들을 진열대에 돌려놓으라고 한다. 너는 곁눈질로 그를 본다. 그가 너를 쳐다보고 있다. 너는 턱짓으로 그에게 가져가라고 한다. 그러고 나서 너는 미소를 짓고, 아무도 듣지 못할 말 한마디를, 너 자신에게 한다.

에콰도르에서 가장 큰 도시 과야킬을 연고지로 하고 있어 전통적인 라이벌 관계이며, 두 팀 간의 경기는 '조선소의 엘 클라시코'라고 불린다.

네 벽 안의 괴물—은폐된 폭력

작가 마리아 페르난다 암푸에로는 "우리는 그동안 종교와 국가와 군대 등 다른 모든 제도에 대해서는 신성성을 벗겨내 왔으면서 왜 가족은 여전히 신성불가침한 개념인지 이해할 수 없다"고 말한 바 있다. 이 소설집을 통해 작가가 보여주는 것은 그런 가족 안에 존재하는 은폐된 폭력이다. 그 은폐된 폭력은 아버지의 폭력이며 계급의 폭력이며 가부장적 사회의 폭력이다. 네 벽 안에서 벌어지는 일들을 감추고 아무 일도 없는 것처럼 살아가는 현실을 이 책은 일관되게 까발린다. 일간지 『엘파이스』는 "암푸에로의 이미지들은 불쾌한 감정을 자아낸다"면서, "정신적으로 황폐하게 만드는 이야기들이 쌓여 자본주의와 가부장제의 폭력 앞에서 눈감지 않는 독자에게 윤리적인 대답을 이끌어낸

다"고 말했고, 에콰도르 작가 모니카 오헤다는 일간지
『엘텔레그라포』에 기고한 서평에서 이 책을 "가족과
연결된 공포와 폭력을 탐구하는 책"이자 "가부장적인
사회에서 어떤 방식으로든 마초적 욕망에 종속된다는
것이 무엇을 의미하는지에 대한 처절한 탐구"라고 평
했다. 마리아 페르난다 암푸에로의 첫 소설집 『투계』
는 2018년 출간되자마자 라틴아메리카를 대표하는 작
품 중 하나가 되었으며 『뉴욕타임스』 스페인어판 '올
해의 베스트 픽션 10'에 선정되었다.

은폐된 것, 버려진 것에서는 냄새가 난다

우리는 역겨운 것, 구역질 나게 하는 것, 더러운 것
을 혐오하고 보기 싫어한다. 작가는 감추어진 폭력을
드러내는 현장에 사람들이 가장 보기 싫어하는 배설
물이라는 요소를 적극적으로 활용한다. 「경매」의 어린
화자는 내장이 터진 닭을 보고 구역질을 느끼지만 "상
대 닭을 반으로 쪼개버리라고 소리 지르고 부추기던
그 아저씨들이, 죽은 닭의 창자와 피와 닭똥을 보고는
구역질을 한다는 것"을 알게 된 후 자신을 "창자와 피
와 똥으로 범벅"이 되게 함으로써 스스로를 지킨다. 이

것은 성인이 된 화자가 겪는 상황과 연결된다. 이는 더러움으로만, 더 괴물이 되는 것으로만 여성이 자신을 지킬 수 있다는 진짜로 끔찍한 현실을 드러낸다. "네 딸은 괴물이야"라고 말하는 투계꾼들이 있는 투계장은 어린 화자에게 괴물과 같은 곳이고, 성인이 된 화자에게 경매장도 마찬가지다. 투계장과 경매장은 남성성과 폭력이 지배하는 곳, 돈이 걸린 곳이라는 공통점이 있다. 누가 괴물인가. 스스로 역겨움을 불러일으키는 일은 용기가 필요하다. 그런 의미에서 작가는 이 작품의 화자에 대해 '영웅'이라고 말했다.

더러움은 냄새로 인식된다. 경매장이라는 공간은 "아무도 모르는 곳"에 있는 "비밀 장소"에 있다. 허구의 공간이지만 세계 어느 곳에서든 이런 일이 벌어지고 있다고 해도 믿을 수 있을 것 같은 이유는, 현실에서도 가격을 매기는 행위와 폭력이 함께 일어나는 일이 빈번하기 때문이다. 어딘지 모르는 닫힌 곳에서 벌어지는 이 경매 현장은 소설집 전체의 이야기들을 관통하는 일상에 도사리고 있는 감춰진 폭력을 보여주는 공간이다. 「경매」의 화자는 그것을 냄새—"피, 남자, 똥, 싸구려 술, 시큼한 땀, 공업용 기름 냄새"—로 알아본다. "내 인생의 냄새, 내 아버지의 냄새"니까. "나는 그 냄새를 수천 킬로미터 밖에서도 맡을 수 있을 테니까."

감춰진 것에서도 냄새가 난다. 「월남」은 사춘기 소녀가 성에 눈을 뜨는 과정을 묘사하는 것으로 시작한다. 동경하는 소녀, 미국에서 온 알몸이 눈부신 아이, 투명한 잔털로 덮인 복숭아 같은 피부와 금빛 음모를 가진, 입술에서는 풍선껌 향기가 나는 아이, 입술 사이로 들어가 그녀 안에서 평생 살고 싶고 털구멍 하나하나에 키스하고 싶은 아이. 화자는 지금 그 아이의 집에와 있다. 하지만 보이는 것이 다는 아니다. 화자는 아무도 보지 않을 때 어떤 폭력이 벌어질 수 있는지에 대해 "사방이 벽으로 둘러싸인 집 안에서만 일어나는 일"이라고 표현한다. 그 표현 안에는 평소에는 보이지 않는 폭력과 상처와 고통이 깔려 있는데, 실제로 숨기고 싶은 가족의 상처이자 역사의 상처는 네 벽 안에 감추어져 있다. 그리고 그것은 「경매」와 마찬가지로 냄새로 먼저 감각된다. "마치 농도 짙은 액체, 무슨 방부액 같은 것이 담긴 수족관" 같은 그 방 안에서는 "시큼하면서 달큰한 썩은 내, 최루가스, 천 개쯤 되는 담배꽁초, 오줌, 레몬, 표백제, 생고기, 우유, 과산화수소수, 피 냄새"가 코를 찌른다. 이 부분에서 다시 배설물이라는 요소가 적극적으로 활용된다. 모두가 감추고 싶어 하는 것이 드러나는 순간은 더러운 것, 역겨운 것, 혐오스러운 것, 보기 싫은 것으로 채워진다.

또한 더러움은 버려진 것의 이미지다. 「월남」에서 사춘기 아이 셋은 "절망 속에서 마치 고아처럼" "굶주린 강아지들이 이 세상 마지막 남은 우유 방울을 빨아 마시듯" 키스하는데, 「새끼들」의 화자는 아예 더러운 곳, 버려진 곳에서 고향을 느낀다. 외국으로 이민 가 15년을 산 「새끼들」의 화자는 "버려진 노인의 냄새"가 나는 "해외로 이민 간 가족의 잊힌 아들"인 그 "이상한 오빠"를 찾아간다. 그는 버려진 존재이고, 쓰레기로 가득한 집에서 혼자 산다. "머리카락과 죽은 피부와 벌레 사체와 먼지들로 가득한 카펫" 위에서 그의 성기를 빨고 "기름 자국투성이에 달걀 비린내가 나는 유리컵"으로 김빠진 코카콜라를 마신 뒤 햄스터를 보기 위해 이층에 갔을 때 화자는 "넘어지면 다시는 일어나지 못할" 거라고, "이 폭신한 쓰레기 더미 속에 가라앉아 영영 그곳에 머물고 말" 거라고 생각한다. 어린 시절 화자의 아빠나 옆집 쌍둥이 자매의 아빠는 어렵고 무서운 존재여서 아빠가 집에 있을 때 집 안의 공기는 숨 막힐 듯 변하고 그럴 때 이들 셋은 인형들에게 폭력적으로 군다. 사실 어린 화자는 쌍둥이 자매를 처음부터 괴롭혀왔고 그런 화자는 오빠들에게 괴롭힘을 당한다. 일상적인 아빠의 폭력은 오빠들의 괴롭힘으로, 그것은 화자의 쌍둥이들에 대한 괴롭힘으로 연결된다. 화자가 "남자들에게는 항상 네,라고" 한다는 것은 그렇게 배웠다는 것이고 권력관계에 굴복한 것이다. "사랑의 가장 나쁜 형태"라면서도 아빠가 자신을 사랑해주기를 바랐듯, 화자는 성인이 된 후에도 데이트 폭력에 시달리면서도 사랑을 갈구함으로써 그 권력관계에서 벗어나지 못한다. 그래서 "이 집 저 집에서 벽에 던져져 깨진 값싼 유리컵처럼 나도 그렇게 깨지곤" 하면서도 "남자들에게는 항상 네,라고" 말하는 것이다. 화자의 아빠가 언급한 "머리 없는 집"이라는 표현을 통해 작가는 이 폭력의 굴레가 가부장제에 기인함을 보여준다.

「월남」의 아이들처럼, 「블라인드」의 화자도 버려진 아이다. 이 소설집의 유일한 남성 화자인 주인공은 어른 남성이 되고 싶지 않은 사춘기 소년이다. 화자에게 어른 남성이란 사랑하는 사람들을 버리고 배신하는, 사랑하지 않는 남성들이기 때문에 그런 어른이 되고 싶지 않은 것이다. 화자는 사촌들과 수영장에서 키스하면서, "영원히 서로 사랑하자고, 커서 어른이 되면 결혼하자고 서로에게 맹세"한다. 그들은 그들이 보아온 어른들처럼 되지 않겠다고 다짐한다. "우리는 서로 사랑하니까." 하지만 결국 화자는 혼자 남는다. 사랑받지 못하는 것은 죽음과 같다. 버려진 수영장 물 위에 떠다니는 낙엽과 곤충 사체들 사이에서 물에 빠져 죽는 것을 상상하며 숨 쉬지 않고 가만히 있는 화자의 이미지는 버려진 존재의 이미지이며 죽음의 이미지다. 역시 오래전에 버려진 존재인 그의 엄마가 침대 위에 누워 있는 모습 또한 "익사체"의 이미지다. "누군가 막 수영장에서 건져 올리기라도 한 것처럼, 살리기엔 이미 너무 늦어버린 뒤에."

죽은 것들보다 살아 있는 것들을 더 무서워해야 한다
이미지는 현실을 가린다. 「그리셀다」의 그리셀다 아주머니의 케이크는 그냥 동그랗고 흰 케이크가 아니다. "미키 마우스 모양, 인형의 집 모양, 소방차 모양, 곰돌이 푸 모양, 닌자 거북이 모양"에 세부 장식까지 갖춘, 아이들이 좋아하는 화려한 케이크들이다. 이러한 화려한 케이크 이미지는 현실을 가리는 장치가 된다. "아주머니의 케이크 파일을 펼치기만 하면 전혀 다른 세상이 나타났으니까." 하지만 사실 아주머니의 집은 언제나 두꺼운 커튼이 닫혀 있고 칙칙한 색의 가구들로 채워진 공간이며 "낡은 집의 냄새, 오래 묵은 냄새, 먼지 냄새"가 나는 공간이다. 그리고 어른들의 입을 통해, 어린 화자는 정확히 알 수 없는 어두운 현실과 폭력이 암시된다. 일상에 스며든 폭력. 소설 앞부분에 나온 "붉은 경광등"을 단 경찰차 케이크의 이미지는 마지막 장면의 빙글빙글 도는 실제 경찰차 불빛으로 변한다. "모든 게 붉은빛이었다"고 화자는 말한다. 케이크 파일이 환상이라면 크리스마스에 동네 골목에서 울린 총소리가 현실이다.

「괴물」의 화자는 공포영화를 보는 열두 살의 소녀이다. 「엑소시스트」 「샤이닝」 「나이트메어」 등 공포영화의 고전들을 섭렵하며 악마와 뱀파이어 등 다양한 유형의 무서운 존재들에 대해 이야기한다. 「나이트메어」

시리즈를 전부 본 화자와 쌍둥이 동생의 공포는 생생하다. "프레디는 꿈에 들어올 수 있고 꿈속에서 우리를 죽일 것이며 그러면 아무도 우리가 왜 죽었는지 모를 테니까." 그렇게 영화 속 공포가 현실의 공포를 가리고 있지만 결국에는 오히려 잠긴 문 안쪽에서 벌어지는 현실이 더 공포스럽다. 「괴물」의 소녀 화자보다 고작 두 살 많은, 열네 살의 가사노동자 나르시사는 "죽은 것들보다 살아 있는 것들을 더 무서워해야 한다"고 말한다. 어린 화자는 "악마"와 "뱀파이어"와 "늑대인간"보다 무엇이 더 무섭다는 건지 이해하지 못하지만 나르시사는 그 말을 반복한다. 이 작품의 마지막 문장은 은폐된 폭력이라는 이 소설집의 주제를 명료하게 보여준다. 현실은 아무 일도 없었다는 듯 흘러갈 것이다.

「월남」의 화자는 디아나네 집에 걸린 사진들을 보고 "전형적인 1970년대 미국 사진들이 발하고 있는 빛 속에 어떤 슬픔이 배어 있다"고 말한다. 세 아이들이 함께 사진첩을 볼 때 거실에는 도어스와 밥 딜런 등의 록 음악이 흐른다. 사진첩 속, 우드스톡 록 페스티벌에서 찍은 이마에 머리띠를 두른 장발 청년의 이미지는 군복을 입은 청년의 이미지로 전환된다. 1960년대 말 록 음악이 가지고 있는 자유와 저항, 반전과 평화의 이미지가 베트남전의 비극과 직접적으로 대비된다. 아빠의 레코드판을 듣고 있는 아이들의 이미지는 슬프고도 아름다운 영화 속 한 장면 같다. 그러나 상처는 슬픔이 배어 있는 사진으로, 음악으로, 기억으로, 영화 속 한 장면 같은 "예쁜 작별 인사"로 존재하는 것이 아니다. 상처는 실체로서 존재한다.

학교도 못 가고 아픈 남동생을 돌봐야 하는 가난한 「그리스도」의 소녀 화자는 사실 애니메이션 「딱따구리」를 보고 마음껏 웃는 소녀이고 싶다. 아픈 남동생을 돌볼 의무가 없는 소녀, 할아버지와 아이스크림을 먹는 평범한 소녀. 그래서 "어린 동생의 울음소리가 묻혔으면 해서" 「딱따구리」를 보며 더 크게 웃는 소녀의 모습은 슬프다. 가난의 맛은 케첩 맛이며 가난한 자는 다른 도리가 없으니 기복 신앙에 기댈 수밖에 없다. 그러니 그리스도상에는 빈곤한 자들이 모인다. 기적을 믿는다는 것은 사실 믿을 수 있는 다른 것이 없다는 것이다.

가부장제를 살아가는 여성

이 책의 주인공은 대부분 여성이다. 그런데 여성은 남성의 욕망에 지배되고 사회에서 주어진 역할을 강요받는다. 「괴물」의 화자가 황소라 불리며 "너는 어째 메르세데스처럼 얌전하고 상냥하고 고분고분하질 못하니"라는 타박을 받고, 「새끼들」의 화자가 "남자들에게는 항상 네,라고" 하듯이. 그런 여성상에서 벗어난 인물에게 가부장제가 어떤 폭력을 가할 수 있는지 가장 잘 보여주는 작품이 「상중」이다. 「상중」은 시대적 배경을 모호하게 처리하면서 폭력을 가장 직접적으로 드러낸다. 극악무도한 폭력은 제도적으로 자행되고 제도적으로 은폐된다. 그리고 어두컴컴한 축사에서 벌어진 그 모든 끔찍한 폭력은 마리아가 가부장제가 원하는 여성상에 반했기 때문에 시작되었다. 여성이 성적 쾌락을 탐했으므로. 이 작품은 가부장제가 행해온 뿌리 깊은 폭력과 여성 혐오에 대한 일반적 은유로 읽을 수 있는데 그러한 혐오와 폭력 앞에 종교는 구원이 되지 않는다. "성인 중에서도 가장 성스러운 성인"도 말뿐인 위선자이며, 가족은 건드리지 못한다. 그래서 "당신 오빠의 집이오" "남자에 대한 존중이 그 집안에 대한 존중이니까"라며 믿음을 가져야 한다는 성인의 말에, 화자는 "믿음이란 단어는 이미 혀 속에서 똥 맛"이 난다고 하는 것이다.

「수난」은 2인칭으로 진행되는 소설이며 성경에 나오는 여성 막달라 마리아를 재해석하여 예수의 수난사를 다시 쓴 소설이다. "너"는 "고독 속에서 물과 돌과 모래를 지배하는 법"을 배운 마법의 힘을 가진 여성이다. "그릇 안에 여러 종류의 식물 뿌리와 풀을 넣고 절굿공이로 빻다가 달빛에 노랗게 빛나는 액체 몇 방울"을 떨어뜨린 후 "그릇째 불 위에 올리고" "주문을 외우는 것처럼 들리"는 "몇 마디 말을 중얼"거리는 장면은 전형적인 마녀의 이미지를 연상시킨다. 그런데 이 작품에서 반복되는 구절은 "아무도 너를 보려고 하지 않으니까"이다. 모든 기적은 "너"에 의해 행해졌으나 모든 공은 "그"가 가져간다. 이는 가부장제의 역사에 대한 비유, 남성에 가려져 기록되지 않은 여성들에 대한 비유가 된다. 능력은 여성에게 있지만, 아무도 그녀를 보려고 하지 않으니까.

이 책의 마지막에 수록된 「다른」에서는 일상과 가정의 모든 것이 남성의 욕망으로 구성되어 있음을 2인칭

"너"의 쇼핑 카트에 담긴 물건을 통해 보여준다. "너의 카트"에는 자신의 것이 아닌 욕망이 가득하며, 일상적으로 반복되어 온 "너의 선택"을 돌아보는 행위를 통해 다른 선택의 가능성을 암시한다.

계급과 불평등

「알리」는 계급 문제가 전면에 드러나는 작품으로, 상류층-가사도우미, 고용주-고용인 간의 적대와 고용인을 인간 이하로 취급하는 행태가 드러난다. 여기서 화자는 가사노동자 "우리"인데, 라틴아메리카의 불평등을 이야기할 때 자주 등장하는 이들의 존재에 대해 작가는 '모든 비밀을 알고 있으면서도 차별과 학대와 추행과 조롱과 저임금과 차별에 시달리는 사람들'이라고 말한 바 있다. 「알리」의 화자는 "할머니 할아버지들은 일하는 여자들에게 돈을 주지 않"는다며 "시골에서 일하는 여자들을 데려가면서, 부모들이 선물로 내준 것처럼, 자기들이 먹고 자게 해주니까 이렇게 인사하는 게 당연한 것처럼. 감사합니다, 주인님"이라고 말하는데 이를 통해 역사적으로 뿌리 깊은 불평등과 식민주의가 드러난다. 파티가 열릴 때 고용하는 웨이터들에게 흰 면장갑을 끼게 하는 이유가 "그들의 갈색 피부가 자기들의 흰 식기에 닿는 게 싫어서"라는 말에서는 직접적으로 인종차별이 드러난다. 또한 이 작품에서도 아버지의 폭력이 암시된다. "성인 남자만 나타나면" 시작되는 발작이나 문단속에 지나치게 집착하는 것으로 보아 알리 아가씨가 변한 원인을 짐작할 수 있다. 하지만 「알리」에서도 역시 모든 것은 아무 일도 없었던 것처럼 은폐된다. 테레사 여사는 "무의식중에 일어난 사고"라면서 사건의 진실을 알아내려 하기보다는 숨기려고만 하며 딸의 아픔을 들여다보기보다는 마지막까지 속사정을 감추기에만 급급하다. 그리고 그들에게 일하는 여자들은 없는 존재나 마찬가지다.

「코로」에서도 상류층에 대한 풍자가 계속된다. 상류층 친구들 사이에 끼어 있는 베로니카는 학교 다닐 때부터 "피부가 가장 갈색인 여자아이"이며 "혈통을 알 수 없는 아이"이며 파티마다 "같은 원피스를 여러 번 입는" 가난한 아이이다. 상류층 여자들에게 계급을 나누는 경계는 아주 분명하다. 경계 밖의 사람들은 그저 우스갯거리, 조롱거리다. 흑인 가정부 코로는 이름부터 고용주 마음대로 붙인 이름이며 오랜 집안일이 신체에 변형을 일으켜 투명 인간과 같은 걸음걸이를 가지게 되었다. 대놓고 인종차별과 혐오를 드러내는 이 상류층 무리는 코로의 방에 '투어'를 간다. 다른 문화에 대한 이해 없이 구경거리로만 소비하는 관광 태도에 대한 비유인데, 그들이 흑인 여자 흉내를 내며 노는 장면은 그들이 다른 문화, 다른 계급을 희화화의 대상으로 소비하고 있음을 보여준다. 그 무리에 끼지 못하는 베로니카 역시 그들의 장난의 대상이 되고 그들의 웃음소리 속에서 예기치 못한 결말을 맞이한다. 독자들에게 각인될 「코로」의 엔딩 이미지는 바로 불평등의 이미지다.

「염소Cl」에서도 불평등의 시각적 비유가 두드러진다. "진창 한가운데에서 흰담비의 살결처럼 깨끗"한 수영장, 호텔 창문에서 내려다보이는 "푸른 눈동자" 같은 수영장. 더러운 강물에서 쓰레기를 낚는 현지인과, 깨끗한 호텔 수영장을 유지하기 위해 매일같이 미국산 염소 소독제를 뿌리고 부질없이 수영장 구역의 쓰레기를 치우는 현지인 노동자. 이곳은 자본주의에 의한 세계적 계급 불평등을 보여주는 공간이다. 작품에서 "이 나라들"이라고 표현했듯, 라틴아메리카에 있는 여러 나라들은 관광지이고 호텔에 머무는 관광객은 돈 많은 선진국에서 온 백인이다. 현지인들의 삶의 풍경과 티 없이 깨끗한 호텔의 풍경은 "대조적인 풍경"이다. "진흙 범벅의 버스들"과 "동전을 구걸하는 소녀"와 "세피아 톤에 가까운 먼지투성이의 옷"을 입은 사람들과 "구덩이마다 가득 고인 썩은 물"이 "이 나라들"의 현실이라면 "구름 같은 목화솜 이불이 깔린 산뜻한 스위트룸"과 "천상의 것 같은 새하얗고 사각거리는 리넨 식탁보"와 "눈처럼 하얗고 올이 촘촘한 가운"과 "아름답고 티 없이 맑고 반짝반짝한 표면만을 비추는 거울"은 관광객에게 "신세계"다. 하지만 그 깨끗한 이미지 이면의 삶은 공허하다. 「알리」의 한 상류층 여자도 친구들이랑 있을 때는 모든 게 완벽하지만 침대에 누워만 있을 때는 "더러운 […] 잠옷 냄새, 구린내, 생리혈 냄새, 방귀 냄새"가 배어 있는 것처럼, 「염소」의 수영장은 소독약을 왕창 써가며 유지하는 곳이며 겉으로 보기에만 깨끗이 빛나는, 사실은 더러운 수영장이다. 그러나 수영장이 그 무엇으로 더럽혀진다 한들, 수영장을 다시 "티 없이 맑게" 만드는 것은 노동자들의 몫이다.

* * *

2019년 11월, 칠레 발파라이소에서 활동하는 4명의 여성으로 이루어진 페미니스트 공연 집단 라스테시스는 「강간범은 바로 너」라는 노래와 안무를 만들어 발파라이소 경찰소 앞과 광장 등지에서 여성들이 함께 참여하는 퍼포먼스 시위를 벌였다. 이는 곧장 수도 산티아고에서 2,000명이 넘는 여성들이 모인 시위로 이어졌고 유튜브에 올린 이 시위의 영상은 즉각적으로 전 세계 여성들의 호응을 얻어, 라틴아메리카 전역은 물론이고 스페인, 프랑스, 미국 등 전 세계 주요 도시에서의 퍼포먼스 시위로 발전했다. 이는 다양한 사회적 문화적 맥락 속에 위치한 여성들이 공통의 경험을 기반으로 연대할 수 있음을 보여주는 사례라고 할 수 있다. 우리도 여성 혐오 범죄와 성폭력, 사회 구조 내에 만연한 성차별에 대해 끈질긴 싸움을 벌이고 있는 현실에서, 라틴아메리카의 현실을 담은 이 책에 담긴 이야기들이 우리에게도 의미 있을 것이라는 마음으로 이 책의 번역을 기획했다.

이 책을 번역하고 싶다고 했을 때 흔쾌히 기회를 주

신 문학과지성사에 진심으로 감사드린다. 이 책의 번역을 처음 시작할 때 도심 속에서도 아름다운 숲을 볼 수 있는 조용한 작업실을 제공해주신 연희문학창작촌에도 감사의 인사를 전한다.

가부장적인 사회에서 어떤 방식으로든 마초적 욕망에
종속된다는 것이 무엇을 의미하는지에 대한 처절한 탐구.
용감한 책일 뿐 아니라 끔찍하게 가슴 아프다.

『엘텔레그라포』

자본주의와 가부장제의 폭력 앞에서 눈감지 않는
독자에게 윤리적인 대답을 이끌어낸다.

『엘파이스』

적확하고 시적인 언어, 상징적인 힘과 긴장감이 넘친다.

『뉴욕타임스』

매서운 신경과 귀로 단순한 아름다움과 구체적인 언어를
구현하는 작가다. 단어 하나도 어색하게 느껴지지 않는다.

『커커스 리뷰』

그로테스크하고, 대담하다.

『퍼블리셔스 위클리』

잔인하고 독특한 새로운 목소리를 전하는 이 책은 가정
안에서 이루어지는 창조와 파괴의 힘을 탐구한다.
『인디펜던트 북리뷰』

남성의 시선을 걷어내어 추하고 그로테스크하며 잔인한
세상을 있는 그대로 보여준다.
『클리버 매거진』

착취적인 권력에 맞서 정의로운 곤봉을 휘두르는 듯하다.
[…] 솔직히 이것이 바로 우리에게 필요한 작가이다.
번역예술센터

암푸에로의 문학적 목소리는 강인하면서도 아름답다.
그녀의 이야기는 소중하면서도 위험한 대상이다.
유리 에레라(정치학자, 작가)

앞으로 수십 년 동안 미국 전체가 상대해야 할
막강한 힘을 지닌 작가다.
에르네스토 퀴노네스(작가)